JOURNAL D'HIRONDELLE

Paru dans Le Livre de Poche :

ACIDE SULFURIQUE

ANTÉCHRISTA

ATTENTAT

BIOGRAPHIE DE LA FAIM

LES CATILINAIRES

LES COMBUSTIBLES

COSMÉTIQUE DE L'ENNEMI

HYGIÈNE DE L'ASSASSIN

MERCURE

MÉTAPHYSIQUE DES TUBES

PÉPLUM

ROBERT DES NOMS PROPRES

LE SABOTAGE AMOUREUX

STUPEUR ET TREMBLEMENTS

AMÉLIE NOTHOMB

Journal d'Hirondelle

ROMAN

ALBIN MICHEL

© Éditions Albin Michel, 2006.
ISBN : 978-2-253-12107-7 – 1re publication LGF

On se réveille dans l'obscurité sans plus rien savoir. Où est-on, que se passe-t-il ? L'espace d'un instant, on a tout oublié. On ignore si l'on est enfant ou adulte, homme ou femme, coupable ou innocent. Ces ténèbres sont-elles celles de la nuit ou d'un cachot ?

On sait seulement ceci, avec d'autant plus d'acuité que c'est le seul bagage : on est vivant. On ne l'a jamais tant été : on n'est que vivant. En quoi consiste la vie en cette fraction de seconde où l'on a le rare privilège de ne pas avoir d'identité ?

En ceci : on a peur.

Or, il n'est pas de liberté plus grande que cette courte amnésie de l'éveil. On est un bébé qui connaît le langage. On peut mettre un mot sur la découverte innommée de notre naissance : on est propulsé dans la terreur du vivant.

Durant ce laps de pure angoisse, on ne se rappelle même pas qu'au sortir du sommeil peuvent se produire de tels phénomènes. On se lève, on cherche la porte, on est perdu comme à l'hôtel.

Et puis les souvenirs réintègrent le corps en un éclair et lui rendent ce qui lui tient lieu d'âme. On est rassuré et déçu : on est donc cela, on n'est donc que cela.

Aussitôt se retrouve la géographie de sa prison. Ma chambre débouche sur le lavabo où je m'inonde d'eau glacée. Que tente-t-on de récurer sur son visage, avec cette énergie et ce froid ?

Ensuite se déclenche le circuit. Chacun a le sien, café-cigarette, thé-toast ou chien-laisse, on a réglé son parcours de manière à avoir le moins peur possible.

En vérité, on passe son temps à lutter contre la terreur du vivant. On s'invente des définitions pour y échapper : je m'appelle machin, je bosse chez chose, mon métier consiste à faire ci et ça.

Sous-jacente, l'angoisse poursuit son travail de sape. On ne peut complètement bâillonner son discours. Tu crois que tu t'appelles machin, que ton métier consiste à faire ci et ça mais, au réveil, rien de cela n'existait. C'est peut-être que cela n'existe pas.

Tout a débuté il y a huit mois. Je venais de vivre un chagrin d'amour si bête qu'il vaut mieux ne pas en parler. À ma souffrance s'ajoutait la honte de ma souffrance. Pour m'interdire une telle douleur, je m'arrachai le cœur. L'opération fut facile

8

mais peu efficace. Le siège de la peine restait, qui logeait partout, sous et sur ma peau, dans mes yeux, mes oreilles. Mes sens étaient mes ennemis qui ne cessaient de me rappeler cette stupide histoire.

Je décidai alors de tuer mes sensations. Il me suffit de trouver le commutateur intérieur et de basculer dans le monde du ni-chaud-ni-froid. Ce fut un suicide sensoriel, le commencement d'une nouvelle existence.

Dès lors, je n'eus plus mal. Je n'eus plus rien. La chape de plomb qui bloquait ma respiration disparut. Le reste aussi. J'habitais une sorte de néant.

Passé le soulagement, je me mis à m'ennuyer ferme. Je songeai à rebasculer le commutateur intérieur et m'aperçus que ce n'était pas possible. Je m'en inquiétai.

Les musiques qui m'émouvaient auparavant ne provoquaient plus rien en moi, même les sensations de base, comme manger, boire, prendre un bain, me laissaient de marbre. J'étais châtré de partout.

La disparition des sentiments ne me pesa pas. La voix de ma mère, au téléphone, n'était plus qu'un embêtement évoquant une fuite d'eau. Je cessai de m'inquiéter pour elle. C'était plutôt bien.

Pour le reste, ça ne m'allait pas. La vie était devenue la mort.

Le déclic fut un album de Radiohead. Il s'appelait *Amnesiac*. Le titre convenait à mon sort, qui était une forme d'amnésie sensorielle. Je l'achetai. Je l'écoutai et n'éprouvai rien. C'était l'effet que produisaient sur moi toutes les musiques désormais. Je haussais déjà les épaules à l'idée de m'être procuré soixante minutes supplémentaires de néant quand passa la troisième chanson, dont le titre évoquait une porte tournante. C'était une succession de sons inconnus, distribués avec une parcimonie suspecte. L'air était bien nommé, qui reconstituait l'attrait absurde du petit enfant pour les portes tournantes, incapable, s'il s'y était aventuré, de sortir de leur cycle. A priori, il n'y avait là rien d'émouvant, mais je découvris, au coin de mon œil, une larme.

Était-ce parce que je n'avais plus rien ressenti depuis des semaines ? La réaction me parut excessive. La suite de l'album ne provoqua pas en moi autre chose que le vague ahurissement causé par n'importe quelle première audition. Quand il fut achevé, je reprogrammai la plage trois : je me mis à trembler de tous mes membres. Mon corps éperdu de reconnaissance se tendait vers cette maigre musique comme s'il s'agissait d'un opéra à l'italienne, si profonde était sa gratitude de sortir enfin du réfrigérateur. J'enclenchai la touche *repeat* afin de vérifier cette magie ad libitum.

Prisonnier libéré de fraîche date, je me livrai à

la jouissance. J'étais l'enfant captif de sa fascination pour cette porte tournante, je tournais et retournais dans ce parcours cyclique. Il paraît que les décadents recherchent le dérèglement de tous les sens : pour ma part, je n'en avais qu'un qui fonctionnait mais, par cette brèche, je m'enivrais jusqu'au plus profond de mon âme. On n'est jamais si heureux que quand on a trouvé le moyen de se perdre.

Après coup, je compris : ce qui désormais m'émouvait, c'était ce qui ne correspondait à rien de connu. Si une émotion évoquait la joie, la tristesse, l'amour, la nostalgie, la colère, etc., elle me laissait de glace. Ma sensibilité n'ouvrait plus ses portes qu'aux sensations sans précédent, celles qui ne pouvaient être classées parmi les bonnes ou les mauvaises. Il en alla de même pour ce qui, dès lors, me tint lieu de sentiments : je n'éprouvai plus que ceux qui vibraient par-delà le bien et le mal.

L'oreille m'avait ramené parmi les vivants. Je décidai d'ouvrir une nouvelle fenêtre : l'œil. Il semblait que l'art contemporain fût conçu pour les êtres de mon espèce.

On me vit là où je n'étais jamais allé auparavant, à Beaubourg, à la FIAC. J'y regardais des propositions qui ne rimaient à rien : c'était ce qu'il me fallait.

Pour le toucher, c'était mal parti : du temps où je n'étais pas frigide, j'avais essayé la voile et la vapeur. Je n'avais donc plus de territoire sexuellement neuf et remis à plus tard la solution de ce problème.

Pour le goût non plus, cela n'allait pas être facile. On m'avait parlé de restaurateurs fous qui avaient inventé des aliments gazeux aux saveurs fabuleuses, mais le menu moyen de leurs établissements coûtait cinq cents euros, la moitié de mon salaire de coursier. Il n'y fallait pas songer.

L'odorat a ceci de merveilleux qu'il n'implique aucune possession. On peut être poignardé de plaisir, dans la rue, par un parfum porté par une personne non identifiée. C'est le sens idéal, autrement efficace que l'oreille toujours bouchée, autrement discret que l'œil qui a des manières de propriétaire, autrement subtil que le goût qui ne jouit que s'il y a consommation. Si nous vivions à ses ordres, le nez ferait de nous des aristocrates.

J'appris à vibrer à des odeurs encore non connotées : le goudron chaud des chaussées refaites, la queue des tomates, la pierre crue, le sang des arbres fraîchement tranchés, le pain rassis, le papier bible, les roses mortes de très longue date, le vinyle et les gommes vierges me devinrent des sources de volupté sans borne.

Quand j'étais d'humeur snob, j'allais chez ces nouveaux parfumeurs qui siègent dans leur boutique et créent à la demande des jus inédits. Je sortais de là enchanté de leurs démonstrations et haï des vendeurs qui s'étaient donné tant de mal pour que je ne leur achète rien. Ce n'était pas ma faute s'ils coûtaient si cher.

Malgré ces débauches olfactives, ou à cause d'elles, mon sexe finit par se plaindre.

Depuis des mois, plus rien, même en solitaire. J'avais beau me triturer les méninges, imaginer l'impensable, non, vraiment, aucun possible ne m'attirait. Les littératures les plus saugrenues consacrées au dessous de la ceinture me laissaient de marbre. J'éclatais de rire devant les films pornographiques.

J'en parlai à mon collègue Mohamed qui me dit :

– Tu sais, c'est con, mais être amoureux, ça aide.

Gros malin. De tous mes sens, c'était le plus mort, celui qui rendait mystérieusement capable de cristalliser autour d'un être. J'en voulus à Momo de ne pas comprendre ma misère et je marmonnai :

– Ils n'ont plus de pain ? Qu'on leur donne de la brioche.

– Et depuis combien de temps ? me demanda-t-il.

– Au moins cinq mois.

Il me regarda et je vis sa commisération se changer en mépris. Je n'aurais pas dû lui préciser que je me passais également de la veuve poignet. Cela me rappela cet épisode du *Ventre de Paris* où le pauvre avoue à la belle bouchère qu'il n'a rien mangé depuis trois jours, ce qui transforme aussitôt la pitié de la grosse femme en dédain haineux, car enfin, pour survivre à une telle abjection, il faut appartenir à une espèce inférieure.

Un prêtre m'eût dit que l'on pouvait être chaste interminablement. Les membres du clergé qui respectent ce vœu pour de vrai sont le meilleur argument pour la pratique de l'une ou l'autre forme de sexualité : ce sont des gens effrayants. J'étais prêt à tout pour ne pas devenir comme eux.

L'oreille est un point faible. Son absence de paupière se double d'une déficience : on entend toujours ce que l'on voudrait éviter d'entendre, mais on n'entend pas ce que l'on a besoin d'entendre. Tout le monde est dur d'oreille, même ceux qui l'ont absolue. La musique a aussi pour fonction de se donner l'illusion de maîtriser le plus mal fichu des sens.

Le toucher et l'ouïe devinrent pour moi l'aveugle et le paralytique : bizarrement, je me mis à compenser mes manques sexuels par une sorte de permanence musicale. Mon métier s'en accommoda : je traversais désormais Paris les écouteurs plantés dans mes feuilles de chou, la moto affolée de décibels.

Ce qui devait arriver arriva : je renversai un vieillard. Rien de sérieux. Mon employeur ne fut pas de cet avis et me renvoya aussi sec. Il prévint ses confrères de ne pas m'engager, me qualifiant de danger public.

Je me retrouvai sans sexe et sans emploi : beaucoup d'amputations pour un seul homme.

Danger public, avait dit mon ex-patron. Je me demandai s'il n'y avait pas là un métier.

Au bar, je fis un billard avec un Russe très doué. Comme il visait avec une dextérité rare, je l'interrogeai sur l'origine de ce talent.

– L'habitude des cibles, répondit-il avec une sobriété professionnelle.

J'avais compris. Pour qu'il sût à qui il avait affaire, je cessai de le laisser gagner. Il siffla. Je lui dis que j'étais son homme. Il m'emmena à l'autre bout de Paris et me présenta au chef que dissimulait une glace sans tain.

Vu la facilité avec laquelle j'ai été engagé, je suis pour l'entrée de la Russie dans l'Europe. Aucune paperasse, rien. Un test de tir, quelques questions. On ne me demanda pas ma carte d'identité : je pus donner le nom que je voulais. Ce fut Urbain, mon rêve en matière de prénom. Il leur suffit. Sinon, un numéro de portable, pour un motif bien compréhensible.

Sur ma fiche, je vis qu'on avait inscrit « tireur

d'élite ». Cela me flatta. C'était bien la première fois qu'on me qualifiait d'élite et j'aimais que ce fût pour un critère objectif. Les fées qui se penchèrent sur mon berceau ne m'accordèrent que ce don : le tir. Enfant, je sentais dans mon œil et mon corps cette mystérieuse faculté de viser, et ce avant même de posséder le matériel ad hoc. Étrange impression d'avoir un miracle de sûreté dans le prolongement de son bras. De foire en foire, je pus exercer ou, plutôt, constater le prodige : je n'atteignais jamais que le mille du mille, engrangeant des populations de peluches géantes.

La victoire était au bout de mon fusil, sauf que je n'avais pas de fusil et n'avais rien à vaincre. Je souffrais de ce génie inutile, comme un commentateur sportif qui aurait la main verte, ou un moine tibétain au pied désespérément marin.

Rencontrer ce Russe, ce fut découvrir mon destin. Il considéra mes dix cartons et dit :

– Très peu d'hommes tirent comme toi. Et aucune femme.

Je me tus avec prudence, non sans me demander jusqu'où le machisme allait se nicher. Il reprit :

– Il n'y a pas plus viril que de viser juste.

Je ne commentai pas ces propos cousus de fil blanc. Mon destin semblait affectionner les aphorismes de zinc.

– Compliments, dit-il encore en déposant mes cibles éphémères. Je dois te prévenir que ça ne te servira pas à grand-chose. Nos tueurs ont pour consigne de tirer à bout portant. Et n'espère pas une autre arme qu'un revolver. Mais sait-on jamais, si tu tombes sur un client qui a des réflexes... Nous, on t'engage comme des chercheurs scientifiques qui croiseraient une pointure : on ne sait pas si tu nous rapporteras quoi que ce soit, on sait seulement qu'un type comme toi doit travailler pour nous, pas pour la concurrence.

Je me demandai si la concurrence, c'était la police. Ce devait plutôt être les bandes rivales de tueurs à gages.

Mon don échappe à l'entendement. Le tireur d'élite inné a une vue de pilote de ligne, une main qui ne tremble jamais et assez d'aplomb pour éviter le recul. Or beaucoup de gens, qui ont ces vertus, manqueraient un éléphant dans un couloir. Le tireur d'élite est capable d'établir un point d'intersection stupéfiant entre ce que son œil voit et ce que son geste lance.

J'attendis avec impatience ma première mission. Je me mis à vérifier ma messagerie vingt fois par jour. L'angoisse me nouait le ventre : non pas l'angoisse du travail, dont j'ignorais tout encore, mais l'angoisse de ne pas être choisi.

Le téléphone sonna en plein midi.

– Ton premier boulot sera facile. Amène-toi.

Ma moto se révéla au moins aussi utile pour mon nouvel emploi que pour le précédent. En vingt minutes je traversai Paris. On me montra les photos d'un magnat de l'alimentation qui empiétait sur les plates-bandes du chef.

– Il ne veut rien entendre. Bientôt il n'entendra plus rien.

– C'est bizarre, dis-je en regardant les clichés, il est mince.

– Il ne mange pas ce qu'il vend. Pas fou, le type.

De nuit, je le cueillis devant l'immeuble où il allait rejoindre sa maîtresse. Je lui trouai la tête en deux coups de cuiller à calibre. C'est là que le miracle eut lieu.

Je n'eus pas le temps d'analyser. Il fallut déguerpir aussitôt. La moto m'emporta au loin, la sensation de la vitesse décupla ce que j'avais vécu.

Je montai l'escalier quatre à quatre, me jetai sur le lit. C'est là que je m'achevai. C'était bon, mais faible par rapport à ce que j'avais éprouvé au moment où j'avais explosé mon client.

Que s'était-il donc passé ? Je me rappelai que mon cœur battait très fort. Mon sang affluait aux endroits importants. Ce qui dominait était le sentiment délectable de l'inconnu : je faisais du neuf, enfin.

Si j'avais joui jusqu'aux dents, c'était parce que je m'étais offert ce dont j'avais besoin depuis des mois : du nouveau, de l'innommé, de l'innommable.

Rien n'est vierge comme de tuer. Cette sensation ne s'apparente à aucune autre. On tressaille de plaisir en des régions difficiles à situer. Un tel exotisme libère.

Il n'est pas de plus radical exercice de la volonté de puissance. Sur un être dont on ne sait rien, on prend le pouvoir le plus absolu. Et en tyran qui se respecte, on n'y a pas trace de culpabilité.

Une peur exquise accompagne cet acte. Elle en catalyse la jouissance.

Last but not least, si on remplit sa mission, on gagne beaucoup d'argent. Il y a une volupté étonnante à être payé pour ça.

L'homme du billard s'appelait Youri.

– Tu as fait du bon travail, dit-il en me tendant mon enveloppe. Compte.

– J'ai confiance, répondis-je, très grand seigneur.

– Tu as tort.

Le compte y était. C'était seulement pour me mettre mal à l'aise.

– Je recommence quand ?

– Tu aimes ?

– Oui.

– N'aime pas trop. Garde ta sobriété. Sinon, tu y perdras en qualité. Ce soir ?

Il me montra les photos d'un journaliste fouineur et bavard.

– Il perturbe les plans du chef ?

– À ton avis ? Tu crois qu'on les choisit pour quoi ?

– Pour débarrasser l'humanité de cette vermine.

– Si ça t'aide de le penser.

Je n'avais pas besoin d'être aidé. Mais de telles idées décuplaient ma joie. En attendant la nuit, je m'inquiétai. Il n'est de virginité que sensorielle. La sensation de tirer m'était connue désormais. Y éprouverais-je encore cet orgasme ? Je voulais y croire. Deux secondes ne m'avaient pas suffi à vider cet événement de sa nouveauté.

Sexuellement, on dit que la première fois n'est pas la meilleure. Mon expérience confirmait ce constat. Pour le meurtre, j'avais atteint au premier coup une telle ivresse qu'il me semblait impossible d'imaginer mieux.

21

Tirer à deux reprises dans la tête était la règle. Le crâne, parce qu'il valait mieux détruire la centrale. Dans l'immense majorité des cas, la première balle tuait. La deuxième, c'était par sûreté. Ainsi, il n'y avait jamais de rescapé.

– Et tu augmentes les probabilités de défigurer la personne. Ça ralentit le boulot de la justice.

Pour ma part, je bénissais cette loi du deuxième coup, qui redoublait ma jouissance. En appuyant sur la détente une seconde fois, je m'aperçus même que celle-ci était meilleure : la première sentait encore son huile de doigt.

Ce qui s'avérait à petite échelle se reproduisait à grande échelle : j'eus plus de plaisir avec le journaliste qu'avec l'alimentaire. Et j'en eus davantage avec le ministre qui suivit.

– La médiatisation joue un rôle, commenta Youri. Quand tu sais que les journaux vont en parler, c'est plus excitant.

Puriste, je m'indignai :

– La notoriété ne m'impressionne pas, moi ! C'est la personne humaine qui importe.

– Ben voyons.

– Mets-moi à l'épreuve, si tu ne me crois pas.

– Comme si c'était moi qui choisissais les clients.

– Tu choisis souvent le tueur.

C'était un aspect frustrant du métier : à part Youri, qui servait d'intermédiaire, je n'avais pas le droit de voir mes collègues. Difficile d'avoir un esprit d'entreprise, avec un tel règlement. Du coup, je multipliais les contacts avec mon Russe.

– Parfois j'ai l'impression que tu n'as personne à qui parler, se plaignait-il.

– Les clients ne sont pas causants, tu sais.

– Tu n'as pas d'amis ?

Non, je n'avais jamais eu que des relations professionnelles. Sitôt le boulot quitté, plus personne. Le temps libre, c'était pour la bagatelle. Mais il n'y en avait plus, pour cause de frigidité.

Youri dut le sentir. Il me demanda :

– Si le client est une cliente, ça te va ?

– Je communie sous les deux espèces, répondis-je.

– Qu'est-ce que tu me racontes ? Tu es orthodoxe ?

– Précisément, non. Oui, j'accepte les clientes.

– C'est bien. Dans l'équipe il y en a beaucoup qui refusent.

– C'est choquant, cette misogynie.

– Je te rassure. Les clientes sont rarement des canons. Quand le chef veut liquider une maîtresse infidèle, il tient à le faire lui-même.

– C'est un homme d'honneur ?

– Je crois surtout qu'il aime ça, assassiner une belle fille. Les thons, il nous les refile.

Ma première cliente fut la directrice d'un centre culturel. Je me permis de trouver cela étrange.

– Ce centre est aussi culturel que toi et moi, dit Youri. C'est une couverture.

Je ne sus jamais ce que cachait cette couverture. La directrice était une grosse moustachue qui se dandinait sur des jambes trop minces par rapport à sa panse. Ce travail ne me posa aucun problème.

– Homme, femme, qu'est-ce que ça change ? Je n'ai senti aucune différence, dis-je à Youri.

– Attends d'en tuer une belle.

– Tuer un beau me serait aussi pénible. Le seul sexe, c'est la beauté.

– C'est quoi cette nouvelle cochonnerie ?

– C'est un propos philosophique. Sexe veut dire « ce qui sépare ». Les belles personnes sont à part du reste de l'humanité, qui forme une masse grouillante et indistincte.

– Compte, me dit Youri en me tendant l'enveloppe.

Radiohead convenait très bien à ma vie nouvelle. Cette musique et mon métier avaient pour point commun une radicale absence de nostalgie. J'envoyais mes clients ad patres sans l'ombre d'une songerie élégiaque pour leur passé : qu'ils aient pu être jeunes un jour ne m'intéressait pas. Le héros d'*Orange mécanique* devenait violent sous l'emprise de Beethoven ; Radiohead, loin de m'enrager, faisait de moi un être formidablement présent, indifférent au sentimentalisme toxique des souvenirs.

Nulle froideur dans mon attitude : je n'éprouvais jamais autant d'émotions qu'au moment de tuer. Mais aucune n'était mélancolique, sans pour autant verser dans l'euphorie. Chacun assassine conformément à la musique qu'il écoute : dans *Orange méca-nique*, le meurtre rejoint l'extase de la *Neuvième*, cette joie presque oppressante ; moi, je tuais avec l'efficacité hypnotique de Radiohead.

Youri gagnait plus que moi. Il exécutait pourtant moins de clients.

– C'est normal, j'ai plus de responsabilités que toi. Je connais le visage du chef et j'ai les coordonnées de chaque exécutant.

– Moralité : si on t'attrape, nous sommes tous cuits.

– Non, j'ai une capsule de cyanure dans une molaire.

– Qui nous garantit que tu t'en serviras ?

– Si je ne m'en sers pas, c'est le chef en personne qui me liquidera. Ses méthodes ne m'attirent pas.

– Si c'est un tel tueur, pourquoi délègue-t-il à ce point ?

– Parce que c'est un artiste. Deux balles dans la tête, c'est en dessous de sa dignité. Il faut toujours qu'il se fasse remarquer, qu'il raffine, qu'il invente. À terme, ce manque de discrétion serait dangereux.

Cette impression d'appartenir à une société secrète me fascinait.

– Ta capsule, tu n'as pas peur de la mordre par erreur ?

– Les caramels me sont interdits, répondit-il avec une sobriété qui me subjugua.

Je pensai qu'il méritait son salaire.

Ce métier me convenait dont les nécessités me ravissaient. Par exemple, avant chaque mission le tireur doit se laver les mains : il s'agit moins de les avoir propres que dénuées de moiteur. Rien de pire que les doigts gras qui font glisser le revolver et rendent la précision impossible. Il faut donc éviter ces crèmes nettoyantes à l'huile d'amande qui ont la réputation d'adoucir les mains quand elles les recouvrent de ce film onctueux qui beurre dangereusement la détente. Rien de tel que le vieux pain de savon Sunlight au citron, un décapant qui peut aussi ravoir les taches de cambouis sur les pantalons.

Youri m'avait engagé en un février polaire. Adepte des douches brûlantes, je pris cependant l'habitude de me laver les mains à l'eau glacée. C'était le dernier geste avant de partir en mission : me récurer longuement les paumes et les doigts au Sunlight, masser la mousse avec énergie, puis les rincer sous un jet si froid que je m'attendais à voir des glaçons couler du robinet. Je ne sais pourquoi j'avais une telle jouissance à me geler ainsi les mains. Je les séchais ensuite avec un linge non chauffé pour conserver cette sensation d'iceberg que j'aurais détestée sur toute autre partie de mon corps, mais qui m'exultait les mains comme une purification à leur mesure. Loin de m'engourdir les phalanges, cet éclat de froid les rendait extraordinairement vives, toniques et sûres.

Après réflexion, il est une autre partie de moi qui appelle l'eau glaciale et que le reste de mon corps détesterait. C'est le visage, à l'exclusion du crâne. Autant mes membres ont besoin du confort de la chaleur, autant mon visage et mes mains recherchent l'effroi du gel. Quel est le point commun entre le visage et les mains ? C'est le langage, que l'un parle et les autres écrivent. J'ai le verbe froid comme la mort.

Sur le bureau de Youri, il y avait des photos de belles femmes.

– Russes ? demandai-je du menton.

– Françaises, répondit-il de la joue gauche.

– Pourquoi n'ai-je jamais croisé de telles filles dans les rues ?

– Tu les as croisées. Les hommes d'ici sont aveugles. À Moscou, nous avons connu la misère.

– N'importe quoi. Il paraît que les femmes russes sont des canons.

– C'est surtout que les hommes russes ont l'œil,

contrairement aux Français qui l'ont dans leur poche. Crois-moi, les Françaises sont les mieux.

Je me rappelai le temps lointain où ces mots avaient pour moi un sens.

– Ne boude pas, dit Youri qui se méprit sur mon expression. Tu finiras bien par les voir.

Hélas, rien n'était moins sûr.

Heureusement, il me restait la sensation de tuer. Elle ne me décevait jamais.

L'affadissement, que j'avais tant redouté, ne ternit pas cette frénésie : au contraire, celle-ci s'approfondissait à chaque fois.

Le besoin d'aller me terminer sur mon lit n'en devint que plus urgent. Rien de sexuel dans mon attitude, pourtant : je me connais assez pour savoir que je ne puis éprouver ce genre d'émotions que pour de belles personnes. Or les gens que je tuais n'étaient jamais beaux, ni même assez répugnants pour susciter un désir paradoxal.

Le déclic tenait dans l'acte de tuer, qui m'apparentait aux divinités les plus injustes ou, au contraire, au dieu le plus averti, celui qui seul différenciait le bien du mal. Au moment de tirer, la part la plus haute de mon cerveau ne doutait pas d'accomplir non seulement le destin de mes victimes, mais aussi la plus sublime volonté céleste.

Avant ma perte sensorielle, je ne pense pas que j'aurais été capable d'assassiner ainsi. J'aurais eu à vaincre des obstacles en nombre. C'est le corps qui rend gentil et plein de compassion pour son prochain. Je me rappelle que je ne parvenais pas à donner un coup de pied au chien qui me mordait la jambe.

Ce que j'avais à surmonter à présent pour liquider ces inconnus était une résistance si faible qu'on pouvait à peine la qualifier de physique. Dans un dernier bastion de mon corps, logé on ne sait où, et qui en était peut-être le simple souvenir, il y avait la mémoire immatérielle de ce qui fut matière et qui n'avait d'autre fonction que de servir ma jouissance. On n'a pas de plaisir sans un minimum d'organes.

Mais un minimum suffit amplement. Le siège de ma volupté se limitait désormais à de minuscules zones érogènes ; il ne m'était que plus facile de les envahir d'âme. Le meurtre comportait une formidable charge spirituelle : si l'on considère que l'orgasme c'est de la chair saturée de pensée, on obtient la clef de mon quotidien d'alors.

La moto m'était essentielle qui me permettait de sauver ma peau et de transporter ma transe jusqu'à la chambre où je pouvais la satisfaire.

Si, en cours de route, j'avais perdu un peu de mon ardeur, je la ranimais à l'aide d'autres images de meurtres, rêvant à des façons de tuer que j'ignorais : poignard enfoncé dans le cœur, gorge tranchée, décapitation au sabre. Pour que le fantasme soit efficace, il fallait l'effusion du sang.

Étrange, car enfin il y aurait eu autant de cruauté à étrangler, empoisonner ou étouffer. Mon sexe ne s'épanouissait qu'à l'idée de l'hémoglo-bine. Il n'y a rien de plus bizarre que l'érotisme.

Un jour, je croisai dans une rue une fille que j'avais aimée il y a longtemps. Ce n'était pas la première fois de ma vie que je tombais sur une ex. Je n'ai jamais apprécié cette situation : être confronté aux pires erreurs de son passé. Sans parler des comportements toujours gauches que l'on affecte.

Cette fois, ce qui me frappa, ce fut mon absence de gêne. Je n'éprouvai absolument rien, je ne son-geai pas à changer de trottoir. Je saluai.

– Je vois que ça va, dit-elle.

– Ça va, et toi ?

Elle eut une moue. Je devinai qu'elle allait vou-loir se confier. Je pris congé aussitôt.

– Tu n'as pas de cœur, l'entendis-je dire dans mon dos.

Je n'en avais plus, en effet. Cet espace de souf-france et de plénitude n'habitait plus ma poitrine, qui n'était plus jamais ni trouée ni irriguée. À la place, il y avait une pompe mécanique facile à ignorer.

Je n'eus pas la nostalgie de cette zone, dont les fragilités m'avaient marqué davantage que la légendaire force. Le cœur de Rodrigue, je ne l'avais jamais eu.

Je demandai à Youri s'il aimait tuer.

– Cela défoule, dit-il.

– Cela défoule de quoi ?

– Du stress, de l'angoisse.

– Tuer, ce n'est pas une angoisse ?

– Non, c'est une peur.

– La peur défoule de l'angoisse ?

– Oui, pas toi ?

– Non.

– Pourquoi fais-tu ce métier, alors ?

– Parce que j'aime cette peur en elle-même. Je n'ai pas besoin de me défouler.

– Tu es un vrai pervers, toi.

Je sentis de l'estime dans sa voix et préférai le laisser sur cette bonne impression.

Très vite, je me permis des extra. Il n'y avait pas assez de missions à mon goût. Un jour sans client m'était devenu aussi pénible que, naguère, un jour sans bagatelle. Je n'en pouvais plus d'être suspendu à mon téléphone comme un accro aux petites annonces roses. Il me suffit de réfléchir un instant pour me rendre compte que j'avais bien droit à quelques initiatives.

Si le tueur à gages est le seul à commettre si souvent le crime parfait, c'est parce qu'on lui désigne des victimes dont il ignore tout. La police ne peut établir aucun lien. Dès lors, rien ne m'empêchait de jouer les commanditaires en mon propre nom, à condition de respecter le principe

31

de base : me désigner des clients dont j'ignorais tout.

Au début, je procédai à l'aide de l'annuaire, l'ouvrant au hasard, pointant un nom les yeux fermés. Cela se révéla foireux : quelqu'un dont on sait le nom n'est plus un véritable inconnu. Au moment de liquider l'individu, son nom me gênait, comme un caillou dans la chaussure. Mon plaisir exigeait l'absence de scrupules.

L'inconnu idéal, c'est l'homme de la rue, celui qu'on croise sans le regarder. Si on décide de tuer celui-ci, c'est uniquement parce que le moment est propice : il n'y a pas de tiers. L'occasion fait le larron. Quand on lui tire ses deux balles dans la tête, on ne sait pas qui est le plus étonné, lui ou soi.

J'appelais ça le *fast-kill*, par référence au fast-food. Je m'en vantais aussi peu que ceux qui mangent au McDonald's : les jouissances inavouables sont les meilleures.

Ça devint plus fort que moi. « Suis-je devenu un tueur en série ? » me demandai-je un soir. Cette question m'angoissa, moins pour la dimension pathologique du phénomène que pour sa vulgarité. Le tueur en série me paraissait la tarte à la crème du pire cinéma, le deus ex machina le plus indigent des scénographes modernes. Le public adorait ça, ce qui prouvait la grossièreté du procédé.

Je me rassurai en m'apercevant que je n'avais aucune des caractéristiques du *serial killer*. Je ne préparais pas longuement mes meurtres avec mille détails maniaques, je tuais n'importe qui pour obéir à une exigence hygiénique : j'avais besoin de mon assassinat quotidien comme d'autres de leur tablette de chocolat noir. Dépasser la dose m'écœurait autant que les chocomanes. Cela pouvait arriver, si le téléphone sonnait à vingt-deux heures trente, après un mutisme douloureux. J'avais déjà craqué, je m'étais déjà offert quelqu'un, et on me donnait une mission nocturne. Ça n'attendait pas, j'exécutais les ordres sans retard et sans appétit. Personne au monde n'a autant le devoir d'une fiabilité absolue que le tueur à gages. À la moindre incartade, c'est fichu : il est relégué au rang de ces vieilles actrices dont le téléphone ne sonne jamais.

C'est aussi pourquoi je n'abusais pas de mes facétieuses initiatives : je pensais risquer ma place. C'eût été renoncer à un métier que j'adorais et qui présentait, par rapport au *fast-kill*, de sacrés avantages : la sensation gratifiante d'être choisi, de correspondre aux bons critères, le côté ludique d'avoir à identifier un client d'après une photo pas toujours récente, l'extase de supprimer parfois un authentique salopard, le travail de l'imagination quand on reçoit une mission particulièrement incompréhensible – « Pourquoi le chef m'ordonne-t-il de liquider une carmélite ? » –, *last but not least*, le confort irremplaçable du salaire.

Avait-il flairé mes penchants ? Battant peut-être le chien devant le loup, Youri me parla d'un confrère qu'on avait surpris à « zigouiller en *free-lance* ».

– Tu l'as licencié ? demandai-je.

– Tu rigoles ? Il est devenu le client d'un collègue, ça n'a pas traîné.

Je la trouvai raide. Pour le cas où l'on me pincerait, je préparai ma défense :

« Je n'en serais pas réduit à de tels expédients si j'avais des programmes dignes de ce nom. Pourquoi ne me donne-t-on les missions qu'avec vingt-quatre heures d'avance ? Vous n'allez pas me dire que, la veille, le chef n'avait pas déjà ce client dans le collimateur ? Je sais, vous me répondrez qu'il y a un principe de précaution, que si la police m'attrape il vaut mieux que je ne sois au courant de rien. Mais n'y aurait-il pas une sécurité plus grande à ne pas maintenir vos tueurs dans l'angoisse ? Avez-vous une idée de l'anxiété du type qui se réveille sans être sûr de tuer ce jour-là ? Sans parler de la dimension financière : comment régler son budget en ignorant ce que l'on va gagner cette semaine ? Je ne demande pas la lune, je revendique le droit d'être prévenu soixante-douze heures à l'avance. Je négocierai comme un marchand de tapis, s'il le faut. »

Mes harangues mentales ne s'adressaient qu'à moi – il paraît que c'est le début de la paranoïa.

Mon propos était juste, pourtant. Vivre à si court terme équivalait à vivre dans le néant : pour le supporter, il fallait être un surhomme. Je faisais semblant d'en être un sans parvenir à m'illusionner moi-même. Sans la musique de Radiohead, je n'aurais pas tenu le coup : j'attendais la vibration de mon portable en restant allongé des heures, à écouter en boucle *When I End and You Begin* me dire interminablement que le ciel s'effondrait – il s'effondrait en effet, son vide pesait, m'écrasait, me mettait en état de nuire.

– Comment passes-tu le temps entre deux missions ? demandai-je à Youri.

– Les mots croisés. Et toi ?

– Radiohead.

– Très bien, Radiohead.

Il chantonna leurs tubes des années quatre-vingt-dix.

– Non, coupai-je. Ma drogue, c'est leurs trois derniers albums.

– C'est de la musique expérimentale, dit-il avec une grimace.

– Précisément, je suis un tueur expérimental.

– Où le snobisme ne va-t-il pas se nicher ?

J'eus le sentiment exquis de ma supériorité : Youri appartenait à l'arrière-garde. Moi, j'étais un assassin du troisième millénaire.

Mon client d'une nuit fut un capitaine d'industrie qui, été comme hiver, portait un chapeau. Cette idée me perturba. Si le couvre-chef absorbait l'explosion du crâne, comment m'assurer du succès de ma mission ?

Il fallait obtenir qu'il se découvre. Le monsieur n'était plus de première jeunesse, il devait avoir des manières. Je résolus de me déguiser en dame du meilleur monde. Vu mon physique de docker, on allait rigoler. Heureusement, cette fois-ci j'avais quelques jours devant moi.

Le plus difficile fut de trouver ma pointure en chaussures à hauts talons, puis d'apprendre à déambuler ainsi. Il fallait que j'aie l'air du genre de dame qui mérite des égards : il est certain que l'on en mérite si l'on marche avec de tels engins. Un tailleur cintré parvint à me conférer une silhouette. Une perruque et l'obscurité s'occuperaient du reste.

Mon client retira son chapeau l'espace d'un

quart de seconde, et c'est à peine s'il le souleva. Mon geste fut d'une promptitude sidérante.

Ses dernières paroles furent « bonsoir, madame ».

Il y a des musiques qui obsèdent au point d'empêcher de dormir et même de vivre. Le cerveau les reprogramme en boucle, à l'exclusion de n'importe quelle autre forme de pensée. Au début, cette dépossession de soi au profit d'une mélodie est une jouissance. On s'exalte de ne plus être qu'une partition et d'avoir échappé ainsi à des ruminations pénibles. La force physique et l'ardeur au travail s'en accroissent.

Peu à peu, les méninges commencent cependant à souffrir. Chaque note de la gamme a son siège dans la matière grise et, comme ce sont toujours les mêmes qui sont sollicitées, une ligne de crampe se dessine dans la tête. Le parcours de la musique devient le chemin de croix de l'influx mental. C'est d'autant plus bizarre que cela ne produit aucun décibel : il s'agit seulement de l'idée du son. Elle suffit à assourdir et à crisper jusqu'à la folie.

Difficile de se libérer de ce que l'on a pris pour une libération. La technique « un clou chasse l'autre » se révèle inefficace : impossible de remplacer la partition toxique qui finit toujours par resurgir des couches phoniques dont on l'a recouverte.

Cela évoque le délire amoureux. Dans le passé,

quand je voulais m'affranchir d'une fille qui me possédait, j'avais trouvé un moyen redoutable : l'étudier par cœur. Cela supposait une observation de tous les instants qui pouvait accélérer gravement le processus, car cela permettait de se rendre compte que, les neuf dixièmes du temps, ces demoiselles s'étaient créé un personnage et jouaient un rôle. Un tel constat simplifie le sujet d'étude au point d'en guérir aussitôt. Les seules filles qui inspirent un amour incurable sont celles qui ont gardé l'incroyable complexité du réel. Elles existent à proportion d'une sur un million.

S'affranchir d'une musique est autrement difficile. Là aussi, le salut passe par la mnémotechnie. Mais allez étudier par cœur ne serait-ce que les solos de basse de Radiohead, qui sont à peine une couche du mystère ! Le casque sur les oreilles, je m'isolais dans une sorte de caisson sensoriel où j'écoutais en boucle les albums *Amnesiac*, *Kid A* et *Hail To The Thief*. Cela agissait comme une seringue m'inoculant en continu la drogue la plus délectable. Quand j'enlevais le casque pour aller tuer, mon juke-box cérébral ne changeait pas le programme.

Ce n'était pas un fond sonore, c'était l'action même. J'assassinais en accord parfait avec elle.

– Ça t'a fait quoi de t'habiller en femme ? me demanda Youri.

– Rien, je n'ai pas l'âme d'un travelo. Dans notre équipe, y a-t-il des tueuses ?

– Je ne suis pas censé te parler des autres.

– Dis-moi simplement s'il y a des filles.

– Beau temps, mais le fond de l'air est frais.

– D'accord. À ton avis une femme, ça peut tuer ?

– Bien sûr. D'où tu sors ?

– Je veux dire : ça peut tuer comme nous ?

– Pourquoi pas ?

Je me mis à proférer le genre de lieux communs qu'entraîne inévitablement toute conversation sur la différenciation sexuelle. « Les hommes et les femmes, c'est pas pareil, c'est complémentaire et je vais vous expliquer pourquoi. » Il est sidérant de voir combien les gens sont toujours ravis quand on leur sort ces propos rebattus. Rien n'emporte autant l'adhésion que le cliché de zinc. Moi, je cherchais uniquement à provoquer les confidences du Russe. Hélas, il devait être surentraîné ; je n'obtins de lui que des :

– Si tu vas par là...

Certains sont assez malchanceux pour trouver l'amour de leur vie, l'écrivain de leur vie, le philosophe de leur vie, etc. On sait l'espèce de gâteux qu'ils ne tardent pas à devenir.

Il m'était arrivé pire : j'avais rencontré la musique de ma vie. Si sophistiqués soient ses albums, Radiohead m'abrutissait plus fort que les pathologies susnommées. J'ai horreur de la musique de fond, d'abord parce qu'il n'y a pas plus vulgaire, ensuite parce que les mélodies les plus belles peuvent parasiter la tête au point de devenir des scies. Il n'existe pas d'amour de fond, de littérature de fond, de pensée de fond : il existe le fond sonore, cette nuisance, ce poison. Seul le bruit des coups de feu surnageait de ma prison acoustique.

J'aurais aimé qu'il y ait des tueuses comme nous. Dans mes fantasmes *post homicidem*, j'en avais assez que le rôle de l'exécutant ne soit jamais tenu par une femme. Rien ne m'empêchait d'y rêver mais je manquais de références pour me faire une idée. Je ne préférais ni les hommes, ni les femmes, j'avais besoin de variété, y compris dans ma tête.

Désormais, quand je croisais des filles attirantes dans la rue, la seule question que je me posais en les regardant était : « Pourrait-elle tuer à ma manière ? » Ça devait me donner un drôle d'air : elles semblaient incommodées.

Les jours de pluie, l'odeur de l'air me procurait des bouffées de romantisme : je voyais de belles tueuses en imperméable, col redressé, s'enfuir en courant, le revolver encore fumant (ce qui n'est jamais le cas, hélas), enfourcher ma moto et me dire, les yeux suppliants : « Emportez-moi loin d'ici » – et elle passait ses bras autour de son sauveur. Oui, car, entre-temps, elles étaient devenues elle, c'est toujours comme ça quand on se raconte une histoire pour jouir, au début c'est une créature nombreuse, au visage multiple, vague, dissimulé, on s'en va voir les filles et à mesure qu'on largue les amarres, le général se change en particulier, on distingue des yeux, des courbes précises, une expression, parfois le timbre d'une voix. Ève naquit d'une côte d'Adam, les garçons de mes rêveries avaient des visages que j'avais rencontrés, je rencontre beaucoup d'hommes dans mon métier, presque jamais de femmes, ce doit être pourquoi une fille est nécessairement issue de moi, les garçons, je les connais, les filles, je les invente, et au terme de mon fantasme, quand j'ai joui d'elle, elle est la seule, l'unique, et personne au monde n'existe autant qu'elle.

Le plus souvent, ça ne me tache pas : le sang et la cervelle partent dans la direction de la balle, donc la plus opposée à soi. Mais il peut arriver que ça ricoche, ou que le crâne explose bizarrement, et on est alors éclaboussé d'un mélange assez dégueulasse. On rentre à moto en quatrième vitesse, en observant sur sa manche la trace de terrine à l'hémoglobine, et il est difficile de croire que la musique de Mozart est sortie d'une horreur pareille.

Au début, je commençais par me doucher. J'avais tort : il faut d'abord laver les vêtements. Si ce n'était que du sang, ce serait déjà difficile à faire partir : j'ai appris à mes dépens que l'eau chaude cuisait ces taches et les rendait indélébiles. À retenir. Mon moyen mnémotechnique, c'est que je tue de sang-froid. Le sang se nettoie à l'eau glacée.

Je me rappelle que, début mars, l'hiver redoubla. Les gens qui attendaient le printemps eurent droit à des tempêtes de flocons. On m'avait envoyé liquider un notaire de Vincennes dont la tête inonda le vestibule : ces blessures à la tempe saignent toujours au-delà des prévisions. J'avais pour consigne de récurer l'entrée après avoir dissous le cadavre. La météo me servit : j'allai chercher plusieurs pelletées de neige dans le jardin et les jetai sur les dalles les plus maculées. Ce fut autrement efficace et poétique que le torchon. Hélas, on n'a pas souvent de la neige sous la main.

La cervelle, c'est pire. Les taches de graisse, ça n'a pas de nom tellement ça marque. Le cerveau, c'est du pur gras, et le gras n'est jamais propre. En plus, si on n'a pas la tache du premier coup, on peut être sûr qu'on ne l'aura jamais.

Tout cela confirme ma métaphysique : le corps n'est pas mauvais, c'est l'âme qui l'est. Le corps c'est le sang : c'est pur. L'âme c'est la cervelle : c'est de la graisse. C'est le gras du cerveau qui a inventé le mal.

Mon métier consistait à faire le mal. Si j'y parvenais avec tant de désinvolture, c'est parce que je n'avais plus de corps pour entraver mon esprit.

Du corps, je n'avais que la minuscule prothèse de perceptions nouvelles découvertes à la faveur des meurtres. La souffrance n'y était pas encore apparue : mes sensations n'avaient aucune notion de morale.

Un tueur est un individu qui s'investit davantage dans ses rencontres que le commun des mortels.

Qu'est-ce qu'un rapport humain, aujourd'hui ? Il afflige par sa pauvreté. Quand on voit ce qu'on appelle à présent du beau nom de « rencontre », on se désole. Rencontrer quelqu'un devrait constituer un événement. Cela devrait bouleverser autant qu'un ermite apercevant un anachorète à l'horizon de son désert après quarante jours de solitude.

La vulgarité du nombre a accompli son œuvre : une rencontre, ce n'est plus rien. On a des exemples paroxystiques : Proust rencontrant Joyce dans un taxi et, pendant cette entrevue unique, ne parlant que du prix de la course ; tout se passe comme si plus personne ne croyait aux rencontres, en cette possibilité sublime de connaître quelqu'un.

Le tueur va plus loin que les autres : il prend le risque de liquider celui qu'il rencontre. Cela crée un lien. Si Proust avait assassiné Joyce dans ce taxi, on serait moins déçu, on se dirait que ces deux-là s'étaient trouvés.

Certes, cela ne suffit pas, surtout dans le cas du tueur à gages qui n'a pas le droit de savoir qui il supprime. Mais c'est déjà quelque chose. D'ailleurs, l'interdiction précitée est une contradiction dans les termes : quand on tue quelqu'un, on le connaît.

C'est une forme de connaissance biblique : celui qui est assassiné se donne. On découvre de quelqu'un cette intimité absolue : sa mort.

– Je ne vois pas pourquoi tu as l'air gêné, dis-je à Youri. Bien sûr que je suis prêt à descendre ce ministre. Ce ne sera pas mon premier. Et puis, qu'est-ce que je m'en fiche, moi, de la profession des clients ! Depuis quand ça m'impressionne, un ministre ? Ça t'impressionne, toi ?

– Non. Mais il faut aussi liquider sa famille.

– Tant mieux. J'ai horreur des familles. Quand j'entends le mot « famille », je pense à ces déjeuners du dimanche, la tante filme tes treize ans avec son Caméscope et tu as envie de mourir. Si on m'avait donné un revolver à l'époque, ce n'est pas dans le gigot-haricots verts que je l'aurais vidé.

– Qui dit famille dit enfants.

– Pouah, des enfants. Je hais les enfants. C'est mauvais, stupide, égoïste et braillard. Des enfants de ministre, en plus. Ça doit être la lie des enfants. Je me réjouis de débarrasser la planète de cette engeance.

– L'épouse du ministre est assez jolie, dit-il en me tendant une photo.

– Ouais. Elle n'est pas mon genre. Et puis ça me changera, d'en tuer une mince.

– Urbain, tu es le pire d'entre nous, dit Youri avec une pointe d'admiration.

– Quand on a cinq têtes à exploser, on reçoit cinq cachets ?

– Oui. Mais je te rappelle qu'il y a une subtilité, cette fois : tu ne gagnes rien si tu ne rapportes pas la serviette du ministre. C'est le but véritable de l'opération. Tiens, voilà les photos du type et des trois gosses.

– Qu'est-ce que j'en ai à fiche des photos des mômes ?

– C'est pour être sûr que tu te trompes pas de gosses. Imagine qu'un des enfants ait invité un petit camarade pour le week-end.

– Si c'est le cas, j'épargne le camarade ?

– Bien sûr que non.

– Alors pourquoi ai-je besoin des photos ?

– Pour que tu saches qu'il en manque un ! Si le compte y est, ce n'est pas une certitude suffisante.

– J'aurai intérêt à les reconnaître vite. Difficile de différencier un visage d'un autre quand on a explosé la tête.

– Si tu tires dans une tempe puis dans l'autre, un rien vers le haut, tu tues ton homme à coup sûr sans le défigurer.

– Le geste n'est pas rapide. Tu dois tourner autour du client.

– Pas forcément. Tu dois être ambidextre.

– Et si je ne le suis pas ?

– Deviens-le. Exerce-toi. Il y a moyen.

– Tant d'efforts dans l'unique but de ne pas défigurer un client ?

– Certains commanditaires ont des exigences. Rien de tel cette fois-ci.

– Merde, c'est à la campagne !

– Oui. À Paris, tu aurais dû liquider aussi la valetaille. Dans leur résidence secondaire, ces gens-là font la dînette eux-mêmes.

– Ça ne m'aurait pas dérangé, moi, de tuer les larbins. Tandis que me farcir la campagne !

– Allons, au mois de mai, c'est joli. Et ils n'ont pas de voisins, là-bas. Tu vois l'avantage.

J'étudiai le plan. À moto, au moins deux heures pleins gaz.

Je regardai les photos. Le ministre avait un de ces faux airs gentils que je ne supporte pas. Les mômes : une fille d'environ seize ans, deux garçons, au jugé, dix et cinq ans. Ils avaient bien espacé leurs coups. Ça puait le Planning familial. Ça permettrait de ne pas les marier tous le même jour.

D'habitude, je m'occupais des clients la nuit. Là, il me sembla plus malin de choisir le matin. Je quitterais Paris le lendemain à six heures, le soleil se lèverait. J'arriverais dans leur maison de campagne vers huit ou neuf heures, en plein pendant leur grasse matinée du dimanche. Les croissants chauds, ce serait moi.

Je réglai le réveil et m'endormis aussitôt comme un bon travailleur.

Quatre heures, plus moyen de dormir. Sans doute m'étais-je couché trop tôt la veille, après un repas trop sain. J'étais dans une forme du tonnerre et je sentais sous ma peau l'appel des grands espaces.

La route m'appartenait. C'est beau, la campagne au lever du soleil. Je n'avais jamais vu cette vapeur sur la terre. Mon juke-box cérébral programmait en boucle *Everything In Its Right Place* de Radiohead.

Je n'éprouvais aucune émotion, mais une exaltation extraordinaire. Le matin y participait. Il y avait dans l'air quelque chose de vierge qui augurait de dangers infinis.

Quand j'arrivai à la maison, pour la première fois de ma vie j'eus une impression de bien-être domestique. Je me sentis aussitôt chez moi. Était-ce ce calme ? Ces vieux murs sans prétention ? Ce jardin de village ? Je me serais installé là pour toujours, s'il n'y avait pas eu le boulot.

La porte de la cuisine était ouverte. À la campagne, on n'est pas méfiant. Je ne résistai pas à la tentation d'ouvrir le frigo. Hélas, il ne contenait pas le lait de ferme dont m'avaient donné envie les paysages champêtres. Il y avait beaucoup de zéro pour cent dans ces victuailles. Dégoûté, je me consolai avec une gorgée de vin rouge bue au goulot.

Sur la pointe des pieds, je montai l'escalier de bois de la demeure. Encore heureux que j'aie examiné leurs détestables provisions, sans quoi la beauté des lieux m'eût rendu ces gens sympathiques.

Au hasard, j'entrai dans une chambre. Les deux gamins y dormaient profondément. Ma tâche fut facile.

La chambre suivante me contraria davantage. Madame y était couchée seule dans le lit double. Je la liquidai en me demandant où était Monsieur. Sa place dans la couche avait été occupée, mais on s'était déjà levé. En compensation, j'avisai la serviette sans même avoir à la chercher.

« Il doit être allé faire son jogging, pensai-je. Je le cueillerai à son retour. » En attendant, il ne me restait plus que la gosse. La dernière chambre ne pouvait être que la sienne. Là aussi, le lit défait était déserté.

« Jogging avec son papa ? » me demandai-je. Ce devait être ça. Ça collait avec le zéro pour cent du frigo. Ces adolescentes actuelles, c'est anorexie et compagnie.

Je regardai autour de moi. On a beau être tueur à gages, une chambre de jeune fille inspire un genre de curiosité sacrée. Que pouvais-je savoir d'elle à travers ce que je voyais ? Pas de photos ni de posters sur les murs. J'essayai de me rappeler son visage sur le cliché de la mission. Il ne m'avait pas marqué. Une brunette fine à l'air sage, me semblait-il.

Pour une fois, je fus heureux d'être insensible. Un autre que moi eût pu être bouleversé par cette jeunesse qui n'avait pas eu le temps de se forger une identité.

Il me sembla entendre un bruit au-dessus de ma tête. Un escalier conduisait jusqu'à une porte entrebâillée. Par l'interstice, mon œil invisible assista à l'incroyable.

C'était une salle de bains. Dans la baignoire pleine d'eau et de mousse, le ministre était nu, les bras en l'air, contemplant avec effroi la gamine qui le menaçait avec un revolver.

– Où l'as-tu caché ? demandait la gosse d'un ton mauvais.

– Voyons, ma chérie, arrête cette plaisanterie. Je te le rendrai, bien sûr.

Il devait avoir la même voix quand il participait à des débats télévisés.

– Je ne te demande pas de me le rendre, je te demande de me dire où tu l'as mis. J'irai le chercher moi-même.

– Dans ma chambre, où ta mère dort encore. N'y va pas, tu la réveillerais.

– Où ça dans ta chambre ?

– Écoute, je ne sais plus.

– Si ta mémoire ne fonctionne pas assez vite, je te jure que je tire.

– C'est insensé. Comment t'es-tu procuré cette arme ?

– Je l'ai piquée avant-hier à un vigile de l'Assemblée.

– C'est une infraction grave. Et tu viens d'avoir dix-huit ans, tu n'es plus protégée par ton âge.

– Toi, tu as commis un crime.

– Allons, aucune loi au monde ne...

– Voler son journal intime à quelqu'un, c'est ignoble.

– Je regrette sincèrement. Tu es tellement mystérieuse, je n'en pouvais plus de ne rien savoir de toi. Cela va changer, maintenant. À l'avenir, nous dialoguerons, toi et moi.

– Celui-ci sera notre premier et dernier dialogue si tu ne me dis pas où tu as caché le cahier.

Grâce à la petite, j'allais peut-être réussir la mission parfaite : son revolver était le même que le mien. On lui attribuerait la formidable hécatombe. Encore fallait-il qu'elle liquide son père. Je pris les paris en retenant mon souffle. Tuera, tuera pas ? Moi qui rêvais d'une tueuse, j'étais comblé. Était-ce à cause de son arme ? Je la trouvai bien plus belle que sur la photo.

– Ma chérie, laisse-moi aller le chercher. Je te dis que je ne sais plus où...

– Ça veut dire que tu l'as laissé traîner. C'est encore plus grave.

– Je suis ton père. Tu ne vas pas tuer ton père.

– Ça s'appelle un parricide. Si ça porte un nom, c'est que ça existe.

– Tuer son père pour un journal intime !

– Il n'y a pas de mot pour la violation d'un journal. Ça prouve que c'est plus grave. C'est innommable.

– En plus, ce que tu as écrit n'a rien de compromettant.

– Comment ! Tu l'as lu ?

– Forcément. Sinon, pourquoi l'aurais-je emporté ?

C'en fut trop pour elle. Elle vida le chargeur. Le ministre, stupéfait, glissa dans l'eau, mort.

Immobile, la jeune fille contempla le cadavre de son père avec l'intensité de l'artiste qui vient de créer sa première œuvre. Le sang se mêlait à la mousse du bain.

J'aurais pu la liquider à son insu, mais j'avais besoin qu'elle me voie le faire. Quand ses grands yeux me dévisagèrent, j'expérimentai la méthode dont m'avait parlé Youri : une tempe puis l'autre, légèrement vers le haut.

Elle ne cilla pas.

Je retournai dans la chambre de Madame, pris la serviette et repartis.

En route, je dus m'arrêter. Je ne pouvais pas attendre Paris. Caché derrière des buissons, je m'exécutai. Curieusement, je n'eus pas autant de plaisir que j'en attendais.

Tandis que ma moto fonçait sur l'asphalte, je ruminais ma déception : pourquoi cette faible jouissance ? Jusqu'à présent, à chaque mission je faisais un carton de ce côté-là, alors que je tuais des moches. Pour une fois que j'opérais sur une mignonne, j'obtenais un résultat médiocre. C'était d'autant plus étrange que mon excitation avait été insoutenable.

L'érotisme onaniste n'était décidément pas une science exacte.

Dans l'appartement, sur mon lit, je remis ça : peut-être avais-je besoin de l'intimité de ma piaule pour atteindre le septième ciel. Je repassai le film dans ma tête : les enfants, la femme, la salle de bains, le père, la petite. Ce n'était plus de première main, mais ça fonctionnait. Pourtant, à nouveau, la montagne accoucha d'une souris.

Dégoûté, je me demandai si je n'étais pas un pervers, du genre à n'avoir de véritable satisfaction qu'avec des rombières ou des costumes trois-pièces.

De dépit, je saisis la serviette : que pouvait-elle contenir de si important ? Parmi des liasses de dossiers rébarbatifs, je trouvai un cahier de jeune fille. C'était là qu'il l'avait dissimulé, le salaud.

En l'entrouvrant, je vis une fine écriture enfantine qui bleuissait les pages. Je refermai aussitôt le carnet avec honte. Pour la première fois, j'avais la sensation physique du bien et du mal.

Pas un instant je n'avais envisagé de ne pas liquider la gosse. Un contrat est un contrat, le tueur à gages le sait mieux que quiconque. Mais lire son journal m'apparut soudain comme un crime inexpiable.

À preuve que cette novice n'avait pas hésité à tuer son père pour ce seul grief. À sa place, j'aurais fait pareil, moins pour la lecture interdite que pour son comportement : cette façon de parler m'insupportait. On aurait dit qu'il s'adressait à son électorat. Et puis, pourquoi ne lui avait-il pas révélé d'emblée où il avait caché son trésor ? À croire qu'il cherchait à l'énerver.

Mille contre un qu'il se rappelait l'endroit où il avait glissé le journal. S'il niait, c'était que les documents de la serviette ne pouvaient pas être montrés, même à sa fille.

Fallait-il qu'ils soient secrets. Pourtant ils me paraissaient d'un ennui redoutable. L'une des paranoïas des politiques consiste à imaginer que leurs petites affaires passionnent les foules.

L'unique chose fascinante contenue dans la serviette était le cahier. Dire que je condamnais ce père quand je brûlais de l'imiter ! J'avais beau me dire que l'intimité de cette jeune fille devait être profondément inintéressante, que le simple fait de tenir un journal prouvait sa niaiserie, je mourais d'envie de le lire.

Je décidai de résister. Cette résolution fut encouragée par ma faim : tuer, ça creuse, je l'ai toujours constaté. Cet appétit était renforcé par les délires sexuels que je m'offrais ensuite. En prévision de mes fringales, je remplissais le frigo avant chaque mission.

Cette fois, j'avais liquidé cinq personnes. Non, quatre. J'avais donc toutes les raisons de crever la dalle. Manger après le boulot : le bonheur. On est ce rude travailleur qui mérite son casse-croûte. On dévore avec bonne conscience, on a gagné sa pitance à la sueur de son revolver.

Tuer ne donne pas faim de n'importe quoi. Quand j'étais petit, je regardais des films policiers à la télévision. Lorsque les hommes commençaient à se tirer dessus, mon oncle disait : « Il va y avoir de la viande froide. » Est-ce à cause de ce propos avunculaire ? J'ai toujours observé que tuer donne envie de manger de la viande froide.

Rien à voir avec la charcuterie ni avec du tartare : il faut de la viande cuite puis refroidie. On peut la préparer soi-même. Pour ma part, je préfère ne pas m'embêter avec ça. J'achète du roast-beef froid, du poulet rôti. Si c'est moi qui le cuisine, ça me plaît moins, je ne sais pas pourquoi.

Je me rappelle qu'après mon premier journaliste, j'ai eu l'idée stupide de réchauffer le roast-beef, pour voir : ça ne me disait plus rien. Quand c'est chaud, la viande a un goût de frichti. Quand c'est froid, c'est le goût même du corps.

J'ai bien dit : corps, et non chair. Dans la chair, tout me dégoûte : le mot et la chose. La chair, c'est du pâté, des rillettes, c'est de l'homme mûr, de la femme éventée. J'aime le corps, vocable fort et pur, réalité ferme et vigoureuse.

Dans le réfrigérateur, je saisis le poulet rôti que j'avais prévu. C'était une petite volaille aux membres maigres, un jeune cadavre sur le dos, bras et jambes repliés. Excellent choix.

Ce que j'aime dans le poulet, c'est la carcasse. Je dévorai donc à travers tout pour parvenir à l'os.

J'y plantai les dents : ivresse de faire éclater sous ses mâchoires l'ossature salée et poivrée. Aucune articulation ne me résista. Je me rendis maître des cartilages récalcitrants, du bréchet qui tentait de jouer au plus fin, des côtes si minces que quiconque les eût dédaignées, sauf moi, grâce à mon estimable méthode : la violence.

Quand j'eus fini de broyer avec bonheur, je bus au goulot quelques gorgées de vin rouge. Le corps et le sang : repas idéal. Je tombai sur mon lit, hébété de nourriture.

On ne devrait jamais trop manger quand on a le vague à l'âme. Cela suscite des vertiges romantiques, des élans macabres, de lyriques désespoirs. Celui qui se sent sur le point de sombrer dans l'élégie devrait jeûner pour conserver son esprit sec et austère. Avant d'écrire *Les Souffrances du jeune Werther*, combien de choucroutes garnies Goethe avait-il dû avaler ?

Les philosophes présocratiques, qui s'alimentaient de deux figues et de trois olives, ont donné une pensée simple et belle, dénuée de sentimentalisme. Rousseau, qui a écrit la dégoulinante *Nouvelle Héloïse*, prétendait qu'il mangeait « *très légèrement : d'excellents laitages, des pâtisseries allemandes* ». Toute la mauvaise foi de Jean-Jacques éclate dans cette édifiante déclaration.

Moi qui venais de bâfrer, je me mis à ruminer ma partie de campagne. De la famille que j'étais allé voir, il restait ce que j'avais laissé du poulet : rien.

Certes, dans le cas de ma mission matinale, il restait les carcasses. Pour la première fois, je me demandai quand les corps seraient retrouvés et par qui. Normalement, ce genre de détails m'indifférait.

À l'heure qu'il était, la petite ne devait montrer encore aucun signe de mort, à part une certaine raideur et un trou rouge à chaque tempe. Elle était tombée sur le dos, jambes repliées. Aucune tache de sang sur son pyjama.

Pourquoi pensais-je à elle ? D'habitude, passé le meurtre et ma séquence onaniste, je ne me préoccupais plus de mes victimes. Et même, pendant le meurtre et la séquence onaniste, je me préoccupais moins d'elles que de la perfection de mon acte, de mes gestes et de mes instruments. Les clients n'avaient d'autre raison d'être que de servir de combustible à mes actions. Pourquoi me serais-je intéressé à eux ? La seule image que j'en gardais était leur expression au moment de mourir.

C'était peut-être aussi pour ce motif que la jeune fille sortait du lot. Elle n'avait pas eu, comme les autres, cet air d'épouvante incrédule ; elle avait semblé éprouver une réelle curiosité pour la suite des événements, qu'elle avait d'emblée sue inéluctable. Aucune peur dans ses yeux, rien que la plus extrême vivacité.

Il est vrai qu'elle venait de tuer, et je sais combien on se sent vivant à un tel moment. Et encore : je n'ai jamais tué mon père, l'avion dans lequel il voyageait ayant explosé quand j'avais douze ans.

Toujours affalé sur le lit, je saisis le cahier. Mon devoir était de le brûler, afin que personne ne puisse jamais le lire. Nul doute que c'eût été la volonté de la gamine. Je trouvais honteux que le ministre se soit permis cette indiscrétion vis-à-vis de sa fille : je n'allais quand même pas l'imiter.

Une voix mauvaise me susurra que je n'étais pas son père et que, dans mon cas, ce serait beaucoup moins grave. Le grincement ajouta que la gosse n'en saurait rien : j'avais donc tort de me gêner. Ma conscience protesta : précisément, la petite n'était plus là pour se défendre, il fallait par conséquent la respecter davantage.

L'autre voix passa du coq à l'âne : « Pourquoi crois-tu que tu as moins de plaisir en te touchant ? Parce que tu es prisonnier de cette fille. Libère-toi d'elle en la saccageant une bonne fois pour toutes ; lis son journal et tu sauras d'elle ce qu'il y a à savoir. Sinon, elle va devenir pour toi une héroïne mythique et ça c'est le chiendent. »

Ce dernier argument l'emporta. Au comble du désir, je me jetai sur le cahier.

Je le lus d'une traite. Quand j'eus achevé, il faisait nuit noire. Je ne savais pas ce que j'éprouvais. L'unique chose dont j'étais sûr, c'est que j'avais commis une erreur : je n'étais pas libéré. Loin d'apaiser ma curiosité, cette lecture l'avait multipliée et approfondie. J'avais sans doute espéré tomber sur des épanchements, des aveux, des niaiseries, et me persuader ainsi que j'avais tué une jeune fille ordinaire.

Il n'en fut rien. Le trait le plus frappant de ce journal était son aspect lacunaire. Le prénom de la défunte n'y apparaissait pas. Aucune mention d'un amour, d'une amitié, d'une querelle. Ce passage était peut-être le plus intime qui datait de février de cette année :

« Ces grands appartements anciens sont mal chauffés. J'ai pris un bain brûlant, j'ai mis des couches de vêtements et je me suis terrée dans mon lit. Pourtant, j'ai froid à en mourir. Sortir cette main des couvertures pour écrire m'est une épreuve. Je ne me sens pas vivante. Cet état dure depuis des semaines. »

Moi qui avais tant de mal à éprouver les émotions les plus ordinaires, l'idée de ce froid m'atteignit au corps. J'en eus le cœur étreint. Cette riche jeune fille, dont il eût été si facile de se moquer, décrivait là un attribut de la misère : cette sensation de pauvreté profonde d'un organisme incapable de se réchauffer.

Le moins qu'on pût dire, c'est qu'elle était pudique. Cela me rendait perplexe : avait-elle eu peur d'être épiée ? Elle aurait eu raison, vu la suite de cette histoire, mais écrit-on un journal quand on a peur qu'il soit intercepté ? Peut-être était-ce cette crainte qui lui avait inspiré une retenue aussi absolue. Par ailleurs, quel est l'intérêt de se confier à un diaire si c'est pour se retenir ?

Je n'y comprenais rien, sans doute parce que je n'étais pas une jeune fille. J'ai toujours l'impression de comprendre les femmes à travers le mépris qu'elles m'inspirent. Les jeunes filles, c'est différent. Les petites dindes, qui forment la majorité des vierges, sont aussi dépourvues de mystère que leurs aînées. Mais il y a ces cas de demoiselles silencieuses qui, elles, sont ce que la nature humaine a produit de plus étranger. Ma victime était l'une d'entre elles.

Le téléphone sonna. C'était Youri.

– Pourquoi tu n'as pas appelé ?

– J'ai oublié.

– Comment s'est passée ta mission ?

– Cinq sur cinq. C'est le cas de le dire.

– Et les documents ?

– À côté de moi.

– Je ne comprends pas pourquoi tu n'as pas téléphoné, reprit-il, glacial.

– Ça m'a fatigué. Je me suis endormi.

– Ne refais plus ça. Nous avons besoin d'avoir confiance en toi.

Le « nous » en disait long sur la gravité de l'avertissement.

– Bon. Apporte les documents.

– À cette heure-ci, un dimanche ?

– Je n'en reviens pas de ce que j'entends, Urbain. Tu te crois syndiqué ?

– J'arrive.

Il avait raison. On commence comme ça et puis on exige les congés payés.

Un instant, je songeai à remettre le journal intime dans la serviette. Après tout, c'était là que je l'avais trouvé. Je ne pus m'y résoudre. Ce cahier était déjà mon trésor. Et puis, en quoi le chef pouvait-il s'intéresser aux écritures d'une jeune fille qu'il n'avait pas connue et que j'avais tuée ?

Je traversai Paris. La moto renâclait. Je la comprenais, Youri me regarda d'un drôle d'air en s'emparant des documents. Je voulus partir aussitôt, il me rattrapa.

– Tu es devenu fou ?

– Quoi encore ?

– Ta paie !

Il me tendit l'enveloppe.

– Compte.

Je dormis d'un sommeil agité. Au matin, un bruit bizarre m'éveilla. J'ouvris les yeux : une hirondelle, entrée par la fenêtre entrebâillée, tournoyait dans la chambre. Elle se cognait aux murs et s'affolait de plus en plus.

Je bondis sur mes pieds pour ouvrir grand la fenêtre. L'hirondelle était si jeune qu'elle ne comprit pas le sens de mon geste. Terrifiée, elle chercha où s'abriter et se glissa dans le mince interstice séparant la télévision de la cloison. Elle cessa de bouger et je n'entendis plus qu'un silence de mort.

J'allai coller mon œil au mur pour voir la petite. Elle était si mince et menue qu'elle semblait à peine constituée de cinq longues plumes. Je glissai ma main vers elle : mes grosses pattes de tueur ne purent l'atteindre. Je ne pouvais déplacer cette télévision pourrave que j'avais installée sur quatre briques branlantes. Comment allais-je déloger le passereau ?

Dans la cuisine, je pris une pique à brochette et la passai derrière le téléviseur.

L'hirondelle se déplaça en un lieu où ma lance ne pouvait la toucher. Pourquoi mon cœur battait-il si fort ? J'en avais mal à la cage thoracique.

Pantois, je tombai dans le fauteuil. Pourquoi cet oiseau s'était-il caché derrière ce poste que je n'allumais jamais ? Pourquoi ne voulait-il pas partir ? Et surtout, pourquoi en éprouvais-je une telle épouvante ? C'était incompréhensible.

De guerre lasse, je finis par appuyer sur le bouton empoussiéré. Sur l'écran grisâtre, je vis des images sales. Il y avait des voix, des musiques ridicules.

Puis on diffusa l'information principale : le ministre et sa famille assassinés dans leur maison de campagne. On parlait de moi, mais personne ne savait qui j'étais. J'espérais qu'ils diraient le prénom des victimes. Hélas non. Ils n'avaient déjà plus d'identité.

J'avais eu la présence d'esprit d'emporter le revolver de la jeune fille. Les journalistes n'évoquaient qu'un mystérieux tueur. Ils n'y voyaient que du feu. Je ricanai.

Ensuite la présentatrice parla du chômage. J'éteignis.

Derrière le poste, l'hirondelle était morte. Son corps gisait sur le plancher.

Je la pris dans ma main. À nouveau, mon cœur sonna le tocsin à m'en trouer la poitrine. Ça faisait mal, mais je ne pouvais me résoudre à lâcher l'oiseau.

Je regardai cette tête. Elle avait les yeux grands ouverts, à l'exemple de la jeune fille au moment de son trépas. Pourquoi avais-je l'impression que c'était ce passereau qui m'avait ordonné d'allumer la télévision ? Et pourquoi avais-je la conviction que c'étaient les images du meurtre qui l'avaient tué ? On n'avait guère vu que la maison dans ce reportage. Pourtant, je sentais que cela avait suffi.

Je portai l'hirondelle contre moi, torse nu, la posai sur mon cœur qui galopait, avec le désir absurde que cet excès lui rende la vie, que sa palpitation contamine la petite carcasse et qu'à travers elle un autre corps frêle respire, hirondelle, je ne pouvais savoir que c'était toi, à présent que j'ai compris qui tu étais, je regrette, oui, je voudrais te serrer contre mon cœur, moi qui t'ai froidement saccagée, je voudrais te réchauffer, moi qui brûle de savoir qui tu étais, qui tu es, je te nommerai Hirondelle.

C'est un nom qui te sied. Aucune jeune fille jamais ne s'est appelée Hirondelle. C'est un joli nom pour une vivante. Nul n'est plus vivant que l'hirondelle, toujours aux aguets quand elle n'est pas en migration. Il ne faut pas te confondre avec les grossiers martinets, pas plus que t'apparenter aux vulgaires humains de ton entourage. Toi, tu étais l'hirondelle, ton mode d'existence était le qui-vive, ça me plaisait, j'avoue avoir voulu que tu ne te rassures pas, j'aimais l'idée de ta peur, j'aimais que tu sois ce frémissement, que ton œil soit craintif et cependant courageux, je t'aimais inquiète, j'y suis peut-être allé un peu fort pour te garder en cet effroi que j'espérais éternel, Hirondelle, ne pourrais-tu revivre, toi que j'ai tuée un jour de printemps, saison que, d'après Aristote, tu ne fais pas, on peut être le plus admirable cerveau grec et se tromper, à plus forte raison le plus décervelé des tueurs à gages et commettre une erreur, te tuer était une erreur, Hirondelle, pardon, le cœur est une pompe, ma pompe s'est emballée, ne pourrais-tu pomper ta vie dans ce qui bat fort, trop fort, j'en ai mal, ne pourrais-tu renaître de ma douleur, non, je le sais, il n'y a pas une deuxième possibilité, si Orphée n'a pas réussi ce n'est pas moi, ton tueur, qui y parviendrai, petite Eurydice de plumes, mon seul moyen de te ressusciter est ce nom que je te donne et que tu habites à merveille, Hirondelle, la jamais partie, qui reviens me hanter à tire-d'aile.

Le téléphone coupa court à mon lyrisme.

– Tu as une drôle de voix, dit Youri qui lui-même avait une drôle de voix.

– Une hirondelle est entrée dans ma chambre ce matin. Elle est allée crever derrière la télévision.

– Ce devait être un martinet. Il n'y a pas plus bête qu'un martinet.

– C'était une hirondelle, elle avait la queue bifide.

– Monsieur est connaisseur.

– Qu'est-ce que je fais de son cadavre ?

– Dans le métier, on nous apprend à les laisser sur place, sauf caprice du commanditaire.

– Elle est dans ma main.

– Je ne sais pas, moi. À la casserole avec des oignons. Dis, il y a des documents qui manquent. Tu as ouvert la serviette ?

– Oui. Je n'avais pas le droit ?

– Si. Tu nous as remis tout ce qu'elle contenait ?

– Oui. J'ai regardé le contenu mais c'était assommant, alors je l'ai remis à sa place.

– Tu es sûr qu'il n'y a pas quelque chose qui en aurait glissé ?

– Attends, je vais regarder sous le lit.

J'allai voir. Aucune feuille ne s'était échappée.

– Non, il n'y a rien.

– Bizarre.

– C'est grave ?

– Oui.

– Ça parlait de quoi ?

– T'occupe. Si tu trouves quelque chose, tu appelles.

Il raccrocha. L'espace d'un instant je songeai au journal intime. Non, il était impossible que ce soit

65

ça. Je feuilletai le cahier pour vérifier qu'aucun papier ne s'y était glissé. Rien. Mais l'écriture de la jeune fille m'émut comme un visage.

Je posai l'oiseau sur la télévision et descendis acheter les journaux. J'eus beau les éplucher, aucune mention du prénom de mes victimes. Il faudrait que je guette les nécrologies, les jours suivants. J'avais le temps : les assassinés, on tardait à les enterrer.

Le passereau en poche, j'allai au cimetière du Père-Lachaise. À côté de la tombe de Nerval, je creusai la terre de mes mains, enfouis l'hirondelle et la recouvris. N'était-elle pas une Chimère, une Fille du Feu ? Non loin de là, Balzac et Nodier lui tiendraient compagnie. Je songeai que Gérard l'eût appelée Octavie, Honoré, Séraphîta, et que Charles eût vu en elle la Fée aux Miettes. Car c'était bien la jeune humaine que je leur avais confiée.

Assis sur la tombe de Nerval, je restai prostré longuement, j'étais le Ténébreux, le Veuf, l'Inconsolé, j'avais deux fois perdant traversé l'Achéron, mon revolver constellé portait le soleil noir de la mélancolie.

À dix-huit heures, le garde du cimetière vint me secouer. Je n'avais ni vu le temps passer, ni entendu sonner la cloche de fermeture. J'étais l'image même du nervalien, halluciné et hagard.

Comme je marchais vers la sortie, je constatai le miracle. Ma frigidité s'était transformée en son contraire, une hyperesthésie formidable. Je ressentais tout à la puissance n : le parfum des tilleuls m'envahissait l'âme, l'éclat des pivoines m'écarquillait les yeux, la caresse du vent de mai m'émoustillait la peau, le chant des merles me fendait le cœur.

Moi qui, ces derniers temps, avais dû me mettre en condition pour éprouver les choses les plus élémentaires, j'étais à présent bombardé de perceptions qui me bouleversaient au plus haut degré, et ce sans aucun effort. À croire qu'il avait fallu l'enterrement de l'hirondelle pour me rendre les sens. Pour une fois que je ne tuais pas une vie de mes propres mains, cela produisait en moi une régénérescence.

Jusqu'alors, tout s'était passé comme si les clients que j'exécutais étaient des victimes dont seul l'ultime sacrifice pouvait provoquer en moi, sinon un sentiment, au moins un trouble sexuel. Et là, il avait suffi de mon deuil sincère pour le passereau pour laver mes périscopes.

Dans la rue, je me rendis compte que je n'avais pas encore testé mon goût. J'achetai des cerises et les mangeai en chemin, crachant les noyaux comme des balles perdues. Le corps chaud et sanglant des fruits m'exulta. Cela faisait des mois que j'avais oublié ce simple plaisir sapide qui ne le cédait en rien à mes ripailles de viandes froides.

De retour chez moi, je voulus essayer cette fête qui additionne les sens. Je repensai à Hirondelle et fus sur-le-champ dans un état second. Comme prévu, ça démarrait très fort.

Sur le lit, j'étreignis la pensée aimée. L'oiseau-jeune fille déposait son revolver et s'offrait à mes baisers. Elle me tenait en respect avec ses yeux armés, parfois je posais mes lèvres sur ses paupières, pour la beauté du geste, mais aussi pour qu'elle baisse la garde. Pourquoi n'avais-je pas vu d'emblée combien elle était belle ?

Il y a des beautés qui sautent aux yeux et d'autres qui sont écrites en hiéroglyphes : on met du temps à déchiffrer leur splendeur mais, quand elle est apparue, elle est plus belle que la beauté.

N'étais-je pas en train d'idéaliser Hirondelle pour ce motif un peu simple que je l'avais tuée ? Mes perceptions avaient tardé à fonctionner, à présent elles analysaient le souvenir très précis que j'avais gardé de son visage et s'extasiaient de tant de grâce. Dire que j'avais tant rêvé d'une belle tueuse, que je l'avais enfin trouvée et que je l'avais tuée presque aussitôt ! Déformation professionnelle – quel métier imbécile ! D'elle, me restaient un cahier et quelques déflagrations dans ma mémoire.

Aujourd'hui, on qualifie couramment les belles filles de tueuses. Hirondelle, toi, tu avais tué pour de vrai. Je te revois, debout, droite, le revolver pointé sur ton ministre de père vautré dans sa baignoire, opposant tes sobres mots de tueuse à son verbiage de mauvaise foi, ton profil pur et sévère, ton indignation superbe, tes coups de feu transformant ce bain-mousse en bain de sang, et puis j'entre, tu me vois, tu comprends que tu vas mourir, avec le courage de la curiosité tu plantes tes yeux dans les miens.

Voici le moment que je fige : je n'ai jamais rien vu d'aussi beau que tes yeux de défi, tu vas me tuer, je n'ai pas peur, je te regarde, je suis le lieu où tout se passe, je suis l'action qui s'y déroule.

Mais là, couché sur mon lit, raide de désir et d'amour, je change le cours du destin. Je dépose les armes à tes pieds, je te prends dans mes bras, je soulève du sol ton corps menu, Hirondelle, tu es le lieu où tout se passe, tu es l'action qui s'y déroule, je vais faire de toi le centre du monde. Je connaîtrai le luxe de ton sexe, j'habiterai le mien comme jamais, quand je serai en toi je dirai ton nom, Hirondelle est ton nom, et la vie te sera rendue plus forte qu'avant.

Mes sensations ont une acuité qui n'est pas de ce monde, je sens ta peau de pétales, tes seins petits et durs, des citrons verts, ta taille que je serre entre mes mains, geste si beau qu'inspire une taille fine ; à l'intérieur, on plonge dans l'inconnu, on est presque effaré de tant de douceur, le velours et la soie sont rêches en comparaison, si la nacre était une étoffe, ce serait ce contact, c'est trop suave, il faut du courage pour affronter une telle volupté, ton sexe est l'enveloppe d'une lettre d'amour espérée, je l'ouvre les yeux fermés, mon cœur bat trop fort, je plonge dans l'enveloppe et ce que je trouve n'est pas du papier couvert de mots, c'est l'éparpillement d'une rose rouge, rien que ses pétales, je me glisse dans cet excès de délicatesse, l'ivresse me sature le sang, d'abord subreptice, bientôt cataclysmique.

Une beauté frappante frappe moins le lendemain. C'est vrai aussi à l'envers. Chaque jour, la beauté de celle que j'ai tuée me frappe davantage, et frapper n'est pas ici une métaphore. Que suis-je en train de faire, sinon d'en orienter l'impact vers une zone déterminée de mon corps ? Tant de violence me cogne le sang qui afflue avec une urgence insoutenable. Le carnage que je prépare, c'est le mien.

Je sens que je vais jouir à en défaillir, voici venu le grand instant, l'ultime traversée, Hirondelle, je vais tout te donner, mais que se passe-t-il, une écharde, où donc, dans ma tête, dans mon sexe, dans mon cœur, je ne sais pas, une écharde, tant pis, je continue, l'écharde s'enfonce en moi à mesure que je m'enfonce en Hirondelle, tant pis ; je jouis quand même, mais c'est du quand même, du plaisir quand même, au rabais, je ne traverse rien, mon âme n'explose pas, le mont Fuji a accouché d'une souris, mes bras sont vides, je suis seul, mon effusion est stérile, *post coïtum animal triste*, ma volupté de pacotille a tué l'illusion d'Hirondelle, je croyais posséder une belle petite tueuse, j'étais possédé par la veuve poignet.

Pour laver cette impression dégueulasse, je me lançai sur le journal de la jeune fille. C'était enfoncer sa tête poisseuse dans la neige. Ce cahier, qui n'évoquait que la froide et courte existence d'une vierge morte, m'était devenu un texte sacré. Certains plats exigent sur la table la présence de rince-doigts. Ce diaire était mon rince-âme.

On m'avait pourtant averti : moins on en sait sur ses victimes, mieux on se porte. Je n'avais jamais enfreint cette règle : je n'en avais jamais eu le désir. C'est ce journal qui m'avait tenté. Mais pourquoi me mettait-il dans un état pareil ? On aurait dit un adolescent feuilletant le catalogue des Trois Suisses comme un magazine érotique. À croire que, la trentaine bien sonnée, je n'avais jamais rien vu. C'est d'ailleurs la vérité : je n'avais jamais rien vu de secret. L'intime, aujourd'hui, c'est le Graal.

Ce qui rend un texte sacré, c'est soit d'avoir été lu par le monde entier, comme la Bible, soit, au contraire, d'avoir été soigneusement dérobé à la lecture de quiconque. Il ne suffit pas à l'écrit de ne pas avoir été lu, ou trop de manuscrits mérite-raient le nom de sacrés. Ce qui compte, c'est la profondeur du besoin qu'on a de cacher le texte. Une jeune fille sage avait été capable de tuer son père pour préserver son secret : il n'y avait pas plus sacré que le journal d'Hirondelle.

– Toujours rien ? me demanda Youri au bout du fil.

– Rien. Si j'avais trouvé quelque chose, je t'aurais appelé.

Je l'entendis parler russe à quelqu'un qui baragouina. Le ton de leur voix n'était pas paisible.

– On a une mission pour toi. Ce soir.

– Encore ? J'en ai tué cinq pas plus tard qu'hier.

– Et alors ? Il y a un quota ?

– Normalement, vous laissez un jour pour souffler entre deux clients.

– Normalement, tu es plus enthousiaste. Il y a une urgence, tu es le seul disponible.

– C'est qui ?

– On ne dit pas ces choses-là au téléphone. Rapplique tout de suite.

Je n'avais pas l'esprit à ça. Excédé mais obéissant, je traversai Paris.

Le Russe m'accueillit de glaciale façon. Il me jeta une photo sous les yeux.

– C'est un cinéaste.

– Voilà autre chose. Pourquoi liquider un cinéaste ?

– Le chef a pas aimé son film, dit Youri en rentrant le menton.

– Si j'avais tué tous les cinéastes dont je n'ai pas aimé les films, il n'en resterait pas beaucoup.

– Monsieur joue les critiques ?

– Pourquoi ce soir ?

73

– Parce que.

On ne m'avait pas à la bonne, décidément.

– C'est à Neuilly. Il sortira de la salle de projection à vingt-deux heures.

– J'ai le temps de repasser par chez moi, pensai-je à haute voix.

– Non. Le coin est difficile à repérer. Tu ne peux pas te permettre d'être en retard.

– J'ai l'impression que je ne peux pas me permettre grand-chose en ce moment.

– Bien vu.

Il me fallut pas mal tournoyer dans ce quartier inconnu pour arriver à bon port. Je n'en avais pas moins deux heures d'avance. Encore heureux que j'aie eu la riche idée d'emporter le journal d'Hirondelle.

Assis sur un banc public, je lus. Il n'y avait personne dans la vie de cette gosse, ni garçon ni fille, pas même elle-même, si j'ose dire. Jamais elle ne s'y évoquait, pas plus qu'elle ne parlait de ses parents ou de ses frères. Le genre humain n'avait pas l'air d'être son affaire.

Elle décrivait, avec sobriété et fermeté. C'étaient des choses vues, des sensations. Un son s'élevait de ces pages. En lisant, l'oreille tendue, il me sembla reconnaître une chanson de Radiohead. Ce devait être mon esprit qui l'appliquait à ce texte, mais sans doute n'était-ce pas un hasard si elle s'intitulait *Everything In Its Right Place*.

Je me laissai hanter par cette litanie hypnotique. Oui, chaque chose était à sa place : le cinéaste devant son film, l'infante dans la mort, le tueur aux aguets. Il y avait cette phrase répétée au travers d'un blizzard de décibels : « *What is it that she tries to say ?* » C'était la bonne question.

Je m'attardai sur certaines phrases : « Aucune fleur ne fleurit autant que la pivoine. Comparées à elle, les autres fleurs ont l'air de maugréer entre leurs dents. » Ou alors : « Quand je contemple les fissures sur le mur, je ne parviens pas à déterminer le lieu de leur naissance : en haut ou en bas ? Au centre ou à l'extrémité ? » Ou encore : « On entend beaucoup moins bien la musique les yeux fermés. Les yeux sont les narines des oreilles. » Je n'y aurais jamais pensé, certes. Mais j'aurais surtout voulu savoir pourquoi une jeune fille écrivait de telles choses.

Parfois, des énoncés aussi simples qu'étranges : « Ce matin, mon cœur est grand. » Ça s'arrêtait là. Pourquoi en étais-je si déchiré ? J'essayai de me convaincre que ces lignes ne valaient que par leur auteur. Si elles avaient été écrites par une matrone placide, elles ne m'auraient pas touché. Absurde raisonnement : jamais de tels propos n'auraient pu être d'une matrone placide. Leur brièveté, leur solitude, leur maigreur, leur sage inanité disaient l'être jeune et non installé. Leur grâce fragile disait la joliesse de l'infante défunte. Leur bizarrerie disait son destin.

Ma conscience professionnelle tira le signal

d'alarme vers vingt et une heures cinquante-cinq. Je guettai la porte de la salle de projection. Mon cinéaste était censé être trapu, les cheveux longs. Tourner des films se révélait plus dangereux que je ne l'aurais cru.

Je m'aperçus que je ne ressentais aucune joie ni excitation à l'idée de tuer : rien que l'ennui d'un lecteur passionné interrompu dans sa lecture par une corvée ménagère. À vingt-deux heures vingt-cinq, la porte s'ouvrit enfin.

Beaucoup de gens sortirent. Cela n'allait pas me faciliter la tâche. Le sacré du meurtre exige un peu d'intimité. Sans parler de l'inconvénient d'avoir des témoins.

Quand le cinéaste apparut, il était tellement entouré qu'il ne fallait pas songer à tirer dessus. Ceux qui étaient déjà dehors se rapprochèrent du cercle, engloutissant la silhouette de mon client. S'ensuivit un bourdonnement que je lui souhaitai plein de compliments énormes : ce seraient les derniers éloges que l'artiste recevrait de sa vie.

Peu à peu, l'essaim se désagrégea. Des individus partirent, des portes de voiture claquèrent, des moteurs démarrèrent. De nombreuses personnes restèrent néanmoins auprès du cinéaste. C'était à prévoir : laisse-t-on un réalisateur seul au soir d'une première projection ? Pourquoi m'avait-on donné cette mission ? Certes, je ne risquais rien, il n'y avait pas de garde du corps dans le secteur. Mais si je tuais le type devant ses amis, mon signalement ne tarderait pas à être établi. Et si le chef m'avait tout simplement envoyé au casse-pipe ? Il était clair qu'il m'en voulait pour cette histoire de document manquant.

Dans la bande qui ne se décidait pas à quitter mon client, il y avait une fille qui devait être l'actrice du film : elle était terriblement jolie, mince et menue, avec un visage de madone. Sa jupette laissait voir des jambes si fines et si galbées que c'était un bonheur. Je me surpris à rêver de travailler dans le cinéma, à seule fin de fréquenter de telles créatures.

Qu'est-ce qui m'en empêchait, au fond ? Étais-je obligé d'être tueur à gages jusqu'à l'âge de la retraite ? Que se passerait-il si je ne liquidais pas le cinéaste ? N'avais-je pas déjà perdu la confiance de mes supérieurs ?

Dans ma tête, un plan s'échafaudait. Il me faudrait retourner une dernière fois dans l'appartement pour emporter les objets auxquels je tenais. Un sac à dos suffirait à les contenir. Ensuite, il importerait que je disparaisse dans la nature, histoire de ne plus jamais être retrouvé par le réseau. Avec l'argent accumulé, c'était possible.

Une voix dans mon cerveau décida que c'était une rêverie. Un contrat était un contrat. Si je ne tuais pas le client, j'allais davantage encore perdre la confiance du chef qui m'avait sûrement confié cette mission pour me mettre à l'épreuve. Je n'allais pas manquer une si bonne occasion de me racheter. Certes, je savais que j'étais innocent de ce dont mes supérieurs m'accusaient. Mais eux l'ignoraient. Je devais leur prouver que l'on pouvait compter sur moi.

Le cinéaste dit : « Allez, on y va. » Il se dirigea vers une voiture avec quatre personnes dont la comédienne. Je me dis qu'il était temps d'agir, je marchai vers lui.

Il me vit et s'arrêta, l'air de penser que j'allais lui remettre un scénario d'amateur, voire lui demander un autographe. J'allais sortir mon arme quand la jeune fille se jeta devant lui en criant : « Attention ! » Je m'arrêtai net.

– Louise, qu'est-ce qu'il t'arrive ? demanda le réalisateur.

– Que voulez-vous, monsieur ? me demanda-t-elle avec terreur.

Mon cœur se mit à battre aussi douloureusement que quand l'hirondelle était entrée dans ma chambre. Je sentais contre lui le cahier de la gamine que j'avais glissé sous mon blouson à la manière d'un gilet pare-balles.

Ma main quitta la poche du revolver et s'appuya sur mon palpitant qui exagérait.

– Enfin, Louise, laisse-le tranquille, tu l'as rendu malade de peur. Calmez-vous, monsieur. Que vouliez-vous me dire ?

Les yeux farouches de l'actrice me tenaient en respect. Je sus que je ne remplirais pas ma mission.

– Je vous admire, balbutiai-je. Je rêve de travailler avec vous.

– Ah, c'est pour ça, dit le cinéaste qui croyait que je lui parlais.

– Je n'ai aucune qualification, ajoutai-je tandis que Louise formait toujours de son frêle corps un rempart. Je suis prêt à tout, servir le café, frotter par terre.

La jeune fille et moi nous regardions droit dans les yeux.

– Vous avez le permis de conduire ? demanda un type de leur bande.

– Le permis moto, répondis-je en montrant ma monture garée un peu plus loin. Je suis coursier.

– C'est bien, dit le troisième larron. On a toujours besoin d'un coursier pour la production.

– Tu t'appelles comment ? demanda le cinéaste.

Ce tutoiement signifiait sans doute que j'étais engagé.

Il ne fallait plus que je m'appelle Urbain. J'optai pour le nom d'un autre pape :

– Innocent.

– Innocent ! Pour de vrai ? s'exclama le réalisateur.

– Pour de vrai, affirmai-je.

– Génial. Je désespérais d'en rencontrer un.

Louise se relâcha enfin. Je respirai. Le troisième larron me nota sur un bout de papier l'adresse de la maison de production où je devais me rendre le lendemain matin.

– Pour de vrai ? demandai-je à mon tour.

– Aussi vrai que tu t'appelles Innocent. Tu es bien tombé, nous sommes de bonne humeur.

– Sauf Louise, enchaîna le cinéaste en s'installant dans la voiture.

La jeune fille eut vers moi un dernier regard chargé de perplexité avant de s'asseoir dans le véhicule. Le message était clair : « Je te tiens à l'œil. » Savait-elle à quel point elle avait raison ?

L'auto s'éloigna. Je restai seul, éberlué.

Innocent. À ma connaissance, c'était le seul prénom qui comportait une négation. Peut-être était-ce pour cette raison que personne n'appelait ainsi son enfant : « Mon fils ? C'est celui qui n'a rien fait de mal. »

Ce n'était pas ma progéniture, mais moi-même que j'avais baptisé de la sorte. Si ce prénom m'avait sauté aux lèvres sans aucune réflexion, c'est qu'il devait correspondre à quelque chose de profond. Pour un tueur à gages, décider soudain que l'on s'appelle Innocent, c'est plus qu'un changement de nom, c'est un changement d'identité.

Je n'avais pas réfléchi davantage quand j'avais inventé que je m'appelais Urbain, ce nom collait parfaitement à l'assassin des villes que son absence de sentiment autorise à liquider des inconnus en toute urbanité. Il avait suffi d'une partie de campagne pour que cette identité se fissure, d'une hirondelle pour la rendre inopérante, d'une paire de beaux yeux pour m'en imposer une autre.

Avant Urbain, comment m'appelais-je ? Mon nom d'avant était-il déjà une identité d'invention ? C'était forcément le cas. Même si c'était le prénom que les parents m'avaient choisi, c'était une invention et qui dit invention dit qu'il y a nécessairement une phase où l'inventé se demande s'il va obéir à ses inventeurs. Ce moment est perdu dans la mémoire de la petite enfance, où Charles essaie Charles, où Olivier n'est pas sûr qu'il va s'habituer à Olivier, où Paul trouve Paul inconfortable, où Vincent s'étonne qu'on lui ait attribué Vincent.

Quand je m'étais offert Urbain, j'avais connu cette ivresse qui ne se compare à aucune autre. Un nom nouveau est d'autant plus frappant qu'il nous préexiste. On savait qu'il existait un tel prénom, on l'avait déjà rencontré. Et soudain, on l'attrape de l'intérieur, on dit à autrui cette si simple formule magique : « Je m'appelle Urbain », et personne n'en doute, c'est le plus hallucinant des sésames, les clefs d'un être neuf, une ardoise effacée.

À présent, je me donnais Innocent. Cette virginité était spacieuse à habiter. Je me promenais dans le nom nouveau, ébloui des grandes chambres vides, ravi de la perplexité des voisins anonymes. J'adorais ce stade de l'inauguration.

Qui vient de s'acheter un costume brûle de le porter en public. Sur ma moto emballée, je promenais Innocent en ville. « Vous avez vu, s'exclamaient mes badauds mentaux, il s'appelle Innocent ! » Les pneus piaffaient.

Il ne fallait pas pour autant que j'oublie mon plan : passer à l'appartement et emporter les rares affaires auxquelles je tenais, avant de disparaître de ces lieux – escamoter Urbain.

Je montai sans nostalgie l'escalier. Ma porte était ouverte. À l'intérieur, on avait renversé les meubles et vidé les armoires. J'aurais dû m'en douter. C'est pour cette raison que le chef m'avait imposé une mission urgente, à l'autre bout de Paris, en m'ordonnant d'y arriver à l'avance. Les salauds avaient-ils trouvé le document qu'ils cherchaient ?

Sur le miroir de la salle de bains, je reconnus l'écriture de Youri qui avait tracé au dentifrice un sobre et comminatoire « À bientôt ». Raison de plus pour déguerpir.

Au fond, quelles étaient ces choses auxquelles je tenais ? À les voir étalées par terre, ce qui eût dû me simplifier la tâche, je n'en voulais plus aucune. Dans un sac à dos, j'enfonçai une tenue de rechange et des affaires de toilette. Tant qu'à démarrer avec une identité neuve, autant voyager léger. On est moins vierge quand on transporte des malles.

L'essentiel n'avait pas quitté l'étreinte de mon blouson : le journal d'Hirondelle.

J'abandonnai sans me retourner l'appartement d'Urbain.

Je n'avais nulle part où dormir et cela tombait bien, j'étais trop excité par ma nouvelle identité pour avoir sommeil. Au bar, je baptisai Innocent au whisky. À qui voulait l'entendre ou non, je ne perdais pas une occasion de déclarer que je m'appelais Innocent. Ensuite, j'éclatais de rire. Plusieurs crurent que je venais d'être acquitté. Tous surent que j'étais saoul. Un nom neuf, ça monte à la tête.

« À bientôt », avait écrit Youri sur le miroir où je ne contemplerais plus jamais la gueule d'Urbain au saut du lit. J'en conclus qu'ils n'avaient pas trouvé le document espéré.

Derechef, je me demandai si ce n'était pas le journal de la jeune fille qu'ils cherchaient. J'attribuai à l'ivresse cette idée absurde. Ce cahier n'avait d'intérêt que pour qui avait connu Hirondelle, et encore. Je pouvais comprendre que le ministre l'ait dérobé, mais ma bande de Russes ignorait jusqu'à son existence.

Il n'empêche que cette pensée, qui avait l'étonnant mérite d'expliquer les faits, me troubla.

Trop ivre pour conduire, j'acheminai la moto jusqu'au lieu du rendez-vous du lendemain qui était déjà aujourd'hui. Affalé sur le véhicule, je somnolai une heure ou deux.

Je m'éveillai en sursaut, guetté par des types qui me regardaient bizarrement.

– Je suis venu pour la place de coursier, bafouillai-je.

– Ah oui. Suivez-nous.

On avait dû les mettre au courant. J'étais heureux de cette diligence. Ils me menèrent quelques pâtés d'immeubles plus loin. Ces boîtes de production, c'était si vaste que ça débordait.

Les locaux regorgeaient d'œuvres d'art. J'aurais été incapable de dire si elles étaient belles ou laides, mais il suffisait d'un coup d'œil pour déterminer qu'elles avaient coûté très cher.

L'un d'eux me conduisit dans un bureau. Je supposai que c'était celui du directeur des ressources humaines. Pourquoi avais-je l'impression de l'avoir déjà vu ?

Avant qu'il me pose la question, je déclarai :

– Je n'ai pas de CV, je m'appelle Innocent.

Il me considéra avec stupéfaction. Je repris :

– Je sais, ce n'est pas un nom fréquent.

– Asseyez-vous.

Cette voix me rappela quelqu'un.

– J'ai été coursier plusieurs années. Si vous voulez le nom de mes anciens employeurs...

– Nous avons seulement besoin de votre adresse et de votre numéro de téléphone.

Il me tendit un formulaire.

– Pour l'adresse, il faudra attendre que j'en aie une.

Je notai le numéro de portable.

– Entre-temps, vous logez où ?

– Vous l'avez vu : nulle part.

– Vous êtes à la rue ?

Je n'avais jamais vu un DRH aussi obsédé par le bien-être de ses employés.

– Rassurez-vous : ça ne durera pas.

Il y eut un silence. Pourquoi ne m'expliquait-il pas mes conditions d'embauche ?

– Je gagnerai combien ?

– Nous ne sommes pas encore sûrs de vous engager.

– Votre chef, hier soir, l'avait décidé !

– Notre chef ?

– Enfin, votre associé.

– Vous permettez que je fasse mon travail ?

– Je vous en prie. Posez-moi les questions d'usage.

– Remplissez d'abord le formulaire.

Je notai un peu n'importe quoi. Il regarda le document sans paraître s'y intéresser. Je faillis lui demander si j'avais donné les bonnes réponses.

– Quel âge avez-vous ?

– C'est écrit sur le formulaire, dis-je.

Il fronça les sourcils. Mon attitude n'avait pas été la bonne, j'en étais conscient. Mais pourquoi noircir des documents si c'est pour qu'on vous repose les mêmes questions ?

– Parlez-moi de vous, dit-il.

Surpris, je jouai l'enthousiasme.

– Il n'y a pas grand-chose à dire. Je me sens neuf, prêt à commencer une vie nouvelle.

– Pourquoi ce besoin de commencer une vie nouvelle ?

– C'est sain, vous ne trouvez pas ? Ne pas s'encroûter, c'est mon idéal.

Il me regarda comme si j'étais un débile. Je ne me laissai pas démonter :

– J'aime changer d'employeur. Rencontrer des inconnus. Aider les gens, me mettre au service d'une entreprise. Découvrir les mystères humains que recèlent les sociétés.

Il hocha la tête. Cette fois, il ne doutait plus de mon imbécillité.

– C'est vrai, un poste de coursier est un poste d'observation privilégié, dit-il.

– Exactement. Les intermédiaires savent des choses que les importants ignorent.

– Me les direz-vous, monsieur... Innocent ?

– Avec joie. Pourvu que vous ne me demandiez pas de jouer les délateurs.

– Qu'allez-vous imaginer, monsieur Innocent ?

– Appelez-moi Innocent.

Il éclata de rire et moi aussi. Je n'y étais pas allé de main morte, avec mon prénom.

– Ne me demandez pas pourquoi ma mère m'a appelé ainsi.

– En effet, je ne vous le demande pas.

– C'est parce qu'elle était très pieuse, inventai-je. Vous savez, dans la Bible, il y a le massacre des saints innocents : Hérode ordonnant de tuer les premiers-nés de chaque famille, histoire de liquider le Messie. Le Christ fut le seul enfant mâle à y réchapper.

– Je ne vous le demande pas, vous dis-je.

– On peut s'interroger sur ce qui s'est passé dans la tête de ma mère au moment de me nommer ainsi. Un tel choix n'était pas innocent.

– Monsieur fait de l'humour ?

– Un prénom associé à un massacre biblique... Il serait intéressant de savoir si le prénom Barthélemy a encore été beaucoup donné à des enfants français, depuis ce fameux 24 août de l'an de disgrâce...

– Ce sac à dos, c'est tout ce que vous possédez ?

– Oui, j'ai un côté moine bouddhiste. Ce sac ne contient pas plus de neuf objets.

– Quels sont-ils ?

– Un rasoir, un shampooing-douche, un peigne, un kit brosse à dents-dentifrice, une paire de chaussettes, un caleçon, un pantalon, un tee-shirt.

– Huit objets. Il en manque un.

– Je fais plus fort que les bonzes.

– Et pour écrire, vous n'avez rien ?

– Pourquoi écrirais-je ?

– On a toujours besoin de noter des choses dans un carnet.

– Je n'ai pas d'amis, je n'ai pas besoin de carnet d'adresses.

– Je ne vous parlais pas de ça. Ne possédez-vous pas un cahier ?

Je le regardai, éberlué.

– Non.

Il saisit mon sac à dos et l'ouvrit. Il fouilla.

– Vous êtes sûr que ceci est un entretien d'embauche ? demandai-je.

– Où avez-vous caché le cahier ?

– De quoi me parlez-vous ?

– Nous savons que vous l'avez. La maison du ministre a été passée au peigne fin, la vôtre aussi.

Je me levai pour partir.

– Où croyez-vous aller ?

– Ailleurs.

– Il y a des hommes derrière cette porte. Nous ne vous relâcherons que quand nous aurons retrouvé le cahier de la petite.

– Je ne comprends même pas de quoi vous parlez.

– Dans la maison du ministre, vous avez tué une jeune fille.

– Oui. C'était la mission.

– Son journal intime devait être dans la serviette que vous avez ramenée.

– Je n'ai rien vu de tel.

– Vraiment ?

– C'est bizarre qu'un journal intime puisse vous intéresser.

– T'occupe.

Il héla les types qui entrèrent et m'emmenèrent comme un paquet. Mon cœur battait fort, cognant contre le cahier enfoui à l'intérieur de mon blouson.

On m'enferma dans une salle vide. La fenêtre, à quatre mètres du sol, n'était pas accessible. J'eus beau y lancer mes chaussures, la vitre ne cassa pas. Il n'y avait pas d'autre source de lumière.

Aucune caméra. Cette curieuse prison ne manquait pas d'intimité. Combien d'hommes étaient morts ici ? Le ciment du sol me parut frais. Sa surélévation par rapport au couloir laissait rêveur quant aux motifs de ces récents terrassements. J'imaginai un genre de clafoutis aux cadavres. Dans un coin, un seau en plastique servirait à mes besoins.

Il me fallait un plan. Je vidai mes poches : le cahier, un crayon, j'avais eu la légèreté de laisser mes clefs sur le contact de la moto. Pas l'ombre d'une boîte d'allumettes ou d'un briquet. J'enrageai. Comment allais-je détruire le journal intime ?

Car tel était mon devoir. J'avais fait à cette jeune fille tout le mal possible : je l'avais tuée et j'avais lu ce qu'elle interdisait qu'on lise. La seule manière de me racheter consistait à escamoter pour l'éternité ce texte dont je découvrais qu'il passionnait les foules. Étrange engouement que je trouvais absurde alors que j'étais le premier à l'éprouver.

Je feuilletai le cahier, à la recherche d'un message ou d'un code secret. Je fus presque heureux de ne pas le repérer. Il n'y avait plus de temps à perdre : les hommes risquaient d'entrer à n'importe quel moment. Je n'échapperais pas éternellement à la fouille au corps. Je tentai de rendre le texte illisible à l'aide du crayon : la mine n'était pas assez épaisse. Et, avec une gomme, les malfrats pourraient effacer mon travail.

Non, il n'y avait qu'une solution. Elle était saumâtre et me tiendrait lieu de pénitence : il s'agissait de manger les pages manuscrites. Je les déchirai et commençai à les mastiquer. C'était infect, épuisant. Les dents se fatiguaient sur ces feuilles dures. Si seulement j'avais du liquide à boire entre deux bouchées ! Cela desséchait la langue au dernier degré. Mais quel vin eût accompagné ce journal de pucelle ? En hommage à Clélia, je penchai pour un romanée-conti.

J'en suis réduit aux conjectures. Youri m'a parlé du chef comme d'un grand consommateur de femmes. Cet homme n'avait aucun besoin d'Hirondelle : pour les filles, il devait avoir sa filière. Mais peut-être connaissait-il le ministre. Peut-être ce dernier lui avait-il parlé du journal étrange qu'il avait volé à l'enfant. Peut-être le chef y avait-il vu une intimité digne de sa convoitise, une forme de viol sophistiqué qui manquait à son actif. En cette époque où la moindre adolescente exhibe son *blog*, peut-être n'y a-t-il rien d'aussi désirable que cela : un secret.

Mes hypothèses sont délirantes : ce doit être

l'ingestion du papier qui me trouble le cerveau. Il paraît que ça regorge de produits chimiques. Je pousse à son paroxysme le rapport que l'on peut avoir avec un texte : je l'ai lu jusqu'à l'os et à présent, sans métaphore, je le dévore.

J'y prends goût. Ça ne me plaît pas et, pourtant, la saveur a son intérêt : elle rappelle l'hostie. Dommage que dominent les solvants : avec tant d'acides, difficile de garder la tête froide.

Parmi les ancêtres du papier, il y a la peau. L'écriture a longtemps relevé du tatouage. Pour m'aider à avaler les pages les plus résistantes, je me figure que je mange la peau calligraphiée de la jeune fille.

En fin de compte, être tireur d'élite ne m'aura servi qu'à devenir une cible de choix. Hirondelle m'a regardé moins d'une minute mais son regard m'a atteint dans le mille. Après l'arroseur arrosé : le tueur tué. J'accepte de mourir pour protéger un mystère qui m'échappe. Je n'aurai pas l'explication : c'est un acte de foi.

Dans les camps maoïstes, les geôliers nourrirent une cargaison de détenus avec de la pâte à papier, pour voir. Les malheureux moururent de constipation, dans les souffrances les plus atroces.

Mourir de constipation est une chose difficile à comprendre. L'esprit humain, qui se représente facilement le trépas diarrhéique, est incapable de concevoir l'inverse. Je me console en pensant que je saurai bientôt en quoi cela consiste. J'ai accompli mon acte d'amour : j'ai mangé les écrits d'Hirondelle.

Jamais je n'ai autant louangé sa concision, d'abord parce que cela a abrégé mon repas sacrificiel, ensuite parce que cela m'a laissé des pages vierges pour rédiger ma confession, avec le crayon dont mes incisives ont souvent taillé la mine. J'arrive au terme du cahier, du crayon et de mes dérangements digestifs.

Chacun aura tué l'autre avec l'arme qui lui était particulière.

Aimer une morte, c'est un peu facile, disent certains. Aimer celle que l'on a tuée, c'est pire : le romantisme n'a pas produit d'idée plus tarte à la crème. Pourquoi ai-je alors l'impression de ne pas mériter ces calomnies ? J'ai bel et bien la certitude de vivre avec Hirondelle. Un bizarre concours de circonstances a voulu que je la rencontre après l'avoir assassinée. Normalement, les choses ne se déroulent pas dans cet ordre-là.

C'est une histoire d'amour dont les épisodes ont été mélangés par un fou.

Avec Hirondelle, l'histoire avait mal commencé, mais elle se termine au mieux puisqu'elle ne finit pas. Je meurs de l'avoir mangée, elle me tue dans mon ventre, en douceur, d'un mal aussi efficace que discret. Je trépasse main dans sa main puisque j'écris : l'écriture est le lieu où je suis tombé amoureux d'elle. Ce texte s'arrêtera au moment exact de ma mort.

Composition réalisée par IGS

Achevé d'imprimer en Espagne en juillet 2008 par
Litografia Rosés S.A.
Gava (08850)
Dépôt légal 1re publication – mai 2008
Édition 02: juillet 2008
Librairie Générale Française – 31, rue de Fleurus – 75006 Paris

31/2107/6